・名家导赏版・

契诃夫戏剧全集

海 鸥

4
Чайка
Антон Павлович Чехов

安东·巴甫洛维奇·契诃夫 著

焦菊隐 译

上海译文出版社

目　录

导读

杨申　为另一种生活而改变 I

海鸥 1

  人物表 3

  第一幕 5

  第二幕 33

  第三幕 53

  第四幕 73

译后记

焦菊隐　契诃夫与其《海鸥》.......... 99

* 导读 *

为另一种生活而改变

杨申

契诃夫剧作与"改变"

安东·巴甫洛维奇·契诃夫在他的戏剧中对十九世纪俄罗斯知识分子和民众的苦闷以及寻求出路，表达了持续的观察和思考，并形成独特的艺术风格。尤其是他的几部代表性剧作，从不同角度表达了对同一个主题的关注——"改变"。

《伊凡诺夫》——我们要不要改变？

《海鸥》——我们一定要改变！

《万尼亚舅舅》——我们想改变，最终却改变不了。

《三姊妹》——虽然我们改变不了，但依旧可以拥有念想。

《樱桃园》——最终改变与否，其实都不以个人意志为转移，我们只是历史变革中的印迹。

契诃夫戏剧中的人物，试图改变的究竟是什么？是外部的环境？还是人本身？还是内心？读契诃夫的剧作，不难看到：几乎每个人物对他／她的生活和所处环境都产生不满足，于是每个人物基于他／她对生活的理解以及自身的欲望——或清晰或模糊地，自我构建了一个"幻象"，而后或勇敢或胆怯地，试图将其变为现实。这就是所谓"改变的初衷"，也是被后人广泛认同的——契诃夫描绘的"人对于另一种生活的向往"。

他的剧作还让人真切地感受到，无论是出于对现实的不满，还是对于"另一种生活"的憧憬，无论是停留在思考层面，还是主动或被动地付诸行动，剧中人物想去改变环境是非常困难的，最终往往只是通过调整目的本身和自我心态，达到某种"可以让自己继续生活下去的平衡"，结果也和最初的"幻象"有着很大的不同。但同时，只要生命还在，生活还在延续，即使困难重重，即使经历多次失败，还是有人无法割舍"对于另一种生活的向往"，甚至想方设法地给自己的行为找到更多的价值和意义，或寄望于未来，以便更衷心和耐心地继续——这就是人类生命与生活的张力的真实写照，也是契诃夫在文学中不断探讨和解释的永恒话题。

契诃夫在剧作中并没有给出最终的答案——无论是人的对错，无论是环境的优劣，无论"另一种生活"是否合理，无论改变本身带来的更多是快乐还是痛苦，我们看不到直接答案。正如契诃夫在《海鸥》里借特里果林之口所说，"无论谁，都得容他按照自己的意思和自己的能力写呀"，身为阅读剧本的读者，观看演出的观众，每个人可以根据自己的感受与理解，找到属于自己的认知和表达。这也是为什么一百多年来，从来不存在契诃夫剧作的"标准化演出"，也没有创作者有把握完整展现契诃夫剧本中的全部内容以及可能性。打开契诃夫宝藏大门的钥匙，就在每个人自身，人们在契诃夫的剧作之中，寻找着自我的意义探索与价值表达。

领会了契诃夫戏剧的这一特点，我在舞台实践中的创作思路也深受影响并有所改变。比如《伊凡诺夫》，我从最初的"表达人无法解决的苦闷"，逐步转向了"人的痛苦就是在欲望与记忆中不敢行动"；《海鸥》，我从最初的"希望讴歌理想主义"，逐步转向了"人需要在自身能力和环境中找到恰当的认知和平衡"；《万尼亚舅舅》，我从最初的"想表达人对于环境的反抗无力"，逐步转向了"岁月流逝是人们行动无果后最大的借口"；《三姊妹》，我从最初的"唤醒心中的美好念想"，逐步转向了"人唯一能做的就是在各种环境下调整自我"；《樱桃园》，我从最初的"社会需要改变面貌才能适应人类的发展"，逐步转向了"人能够总结的经验与成果实际都是已经逝去的历史"。

契诃夫为热爱他的人，提供了在作品中寻求自我认知后可以自由表达的空间。于此，我们可以找到拥有相似思想和情感的同伴，不会在无助时陷入人生的孤独与绝望。

《海鸥》的象征与现实原型

《海鸥》是契诃夫剧作中最神秘也是最吸引人的一部。之所以说神秘，是因为契诃夫虚实相间的笔法，令《海鸥》负载了作者的情感经历；也因为围绕《海鸥》的演出，流传着"一八九六年亚历山大皇家剧院演出失败与一八九八年莫斯科艺术剧院演出成功"等各种版本的故事，不断被研究者写入文章，甚至用以评价《海鸥》的艺术价值与魅力。

"谁是海鸥的象征"这个话题大多会从女主角妮娜开始延伸。一直以来，研究者最广泛和普及的认定是，妮娜的原型是契诃夫的女友丽季娅·米奇诺娃。米奇诺娃与契诃夫之间的感情纠葛，特别是她对于契诃夫的"两次背叛"——一次和画家列维坦,一次和作家帕塔宾科,催化契诃夫在"感受失恋"的一八九五年的秋天,在梅里霍沃庄园的二层小阁楼里写出了这部《海鸥》。

俄罗斯女作家丽季娅·阿维洛娃也被认为是妮娜原型之一。《海鸥》第三幕中有一段描写:妮娜送给作家特里果林纪念章,刻有标示特里果林小说《日日和夜夜》页码和行数的数字,对照的文字是,"如果你什么时候需要我的生命,就把它拿去好了"。阿维洛娃在现实中为契诃夫做过类似的事,她因此而和米奇诺娃一样,自称"契诃夫的海鸥"。

米奇诺娃和阿维洛娃的名字都叫丽卡(丽季娅的爱称),似乎共同组成了妮娜这一人物。而从剧作中看,虽然契诃夫从与二人的交往中汲取了相应素材,但妮娜的人物性格以及人生观和价值观等部分,还是与这两位丽卡很不同。契诃夫毕竟不是圣贤,他也会在写作之中表达对于生活经历的不满甚至加以嘲讽,而他笔下的妮娜却是可以在经历了生活的艰辛之后、依然勉励自己并继续前行的战士。很多研究者认为,契诃夫对于妮娜最终持有的是赞扬的态度——就像一只被生活打伤但依旧坚持理想的"海鸥";另一些研究者则认为,妮娜的行为只是体现了"人在现实与理想之间的盲目偏执,并不具备赞扬的价值"。从这两个角度上来讲,妮娜更像是契诃夫虚构的、受作者强烈个人意志驱动的人物,而非单纯的

"再现式创作"的产物。

特里波列夫也曾被列入讨论。在剧本中,"被打死的海鸥"是重要的情节和意象,而开枪射杀海鸥的正是特里波列夫,在全剧结尾,他开枪自杀,似乎也成了一只"被生活打死"的海鸥。因此在不少舞台版本中,特里波列夫被塑造成"海鸥的象征"。尤其对于年轻的舞台创作者,特里波列夫自身才华的有无、在理想与现实中的挫折等部分,似乎更容易获得共鸣与同情。

"谁是作家特里果林的原型"也常被拿来讨论,讨论和选择主要在画家列维坦与作家帕塔宾科之间。强调是列维坦的研究者,大多根据契诃夫小说《跳来跳去的女人》以及相关时期米奇诺娃与列维坦的交往过程与分手原因等事实判定;而认为是帕塔宾科的研究者,往往强调帕塔宾科与米奇诺娃"私奔出国、怀孕丧子、最终分手"等行为完全符合《海鸥》中的情节。在《海鸥》里,特里果林的写作成就无疑是惊人的——"一个很有名望的作家,为社会上的人所爱戴,所有报纸都发表文章讲到他,他的照片公开出卖,他的作品翻译成许多外国文字"(第二幕原文)。而特里果林的性格也是让人遗憾的——"我缺乏自己的意志……我从来没有自己的意志……软弱,疲沓,永远顺从,难道女人能喜欢这样的人吗"(第三幕原文)。从这两点来看,特里果林无疑是事业的成功者和情感的失败者，即使剧中也描写了特里果林对于刻板写作生活的无奈以及异性对他的喜爱。在我看来，特里果林的人物特性倒不如说更像契诃夫本人。除了他们的写作经历非常相似之外，在剧中无论是从他人的口中还是从特里果林自己的口中，写作成就都是拿列夫·托尔斯泰、屠格涅夫和左拉等文学巨匠对比——而他们正是契诃夫崇拜的伟大作家。试想，能够把自己和这样的文学巨匠并列对比，既是一种作者调皮的幽默，也是一种对人物本身的赞美。而契诃夫在女友们之间的徘徊情状，和特里果林相比，似乎意志薄弱与不确定性等方面也不落下风。

由此可见，特里果林也是契诃夫在融合各个现实人物的经历和特点之后的全新创作。契诃夫并没有简单地把特里果林放在肯定他还是否定他之间取舍，而是让读者以及创作者们有充分的空间诠释。人物的优点和弱点都如此明显——自负却单纯，自嘲而无奈，自知也胆小，试图改变生活最终却选择回归旧有，这种设计更增添了人物的多面性与可塑性，更加丰满、更为有趣。

文字下的潜流和争论中的《海鸥》

我们越了解《海鸥》，越能够发现其间蕴藏的奥秘。

契诃夫的笔下是没有一句多余的废话的，甚至包括人名注释。在《海鸥》里，最有说服力的是阿尔卡金娜这个角色。阿尔卡金娜全名伊琳娜·尼古拉耶夫娜·阿尔卡金娜，契诃夫特意在她的人名注释里加了"随夫姓应是特里波列娃"。伊琳娜是她的名字，尼古拉耶夫娜是父名，那么"阿尔卡金娜"很可能是艺名，而且很可能是人物自己起的。因为按娘家姓氏，她应该叫索林娜；按丈夫姓氏，她应该叫特里波列娃。阿尔卡金娜来自希腊语，意思是被称乌托邦的阿卡迪亚，有自由、幸福之意，这十分符合人物以自我为中心、擅于情感释放和不顾及他人的性格。契诃夫之所以给她安排坚持用阿尔卡金娜，正是暗喻了她内心认定自己既不属于娘家也不属于夫家，而是属于艺术。在一些《海鸥》译本和舞台演出中，直接把她的名字简称为"伊琳娜"——很难体现作者的初衷，也无法更深刻地体现人物个性。

再如第一幕，在原文中，索林对于特里波列夫的称呼是"брат"，这一单词在俄语中的原意是"兄弟"或者"哥们"。舅舅索林对外甥用这一称呼，似乎可以表明二人的情感超过一般的亲戚血缘，以朋友相待，是彼此愿意交心的人，因此特里波列夫才会在演出之前把自己"想要获得母亲认可""想要开创新形式"之类的理想以及现实中的苦恼对索林倾诉，而索林也会把自己"想回城生活""希望得到帮助"的愿望委婉地传递给特里波列夫。如果这一称呼被遗漏或省略,这一层意思就没有到位。

此外,《海鸥》中人物之间称全名还是昵称,互称"Вы(您)"还是"Ты(你)",契诃夫笔下的微妙,都是信息。玛莎永远用正式称呼"康斯坦丁·加甫里洛维奇"称特里波列夫,而妮娜直到第四幕才用昵称"科斯佳"称特里波列夫,但说的却是她对特里果林的情感。妮娜和特里波列夫彼此之间,始终用"您"称呼——或许两人从来都不是恋人关系,或许所谓的爱情只是某种程度上的说辞。那么在舞台处理时,两人之间的位置以及调度,恐怕就不能有太多"长时间的近距离接触""拥抱""接吻""表达爱意"等等,相互的态度也不会有"恋人般的亲昵"。

契诃夫文字下埋藏着丰富的潜流,对读者和戏剧工作者提出了要求,一百多年来,《海鸥》经历了持续不断的阐释和争论。比如一些观点认为,"特里波列夫就是一个想改变戏剧形式但受到打压且怀才不遇的青年作家","特里果林是只会纠结于男女之情的二流作家","阿尔卡金娜已经是过气演员","单纯善良的妮娜只是为了自己的理想而抛弃了恋人","《海鸥》就是一部描写爱情的剧本",等等。在此仅对妮娜形象略作分析。

妮娜真的是单纯善良的吗？她对特里波列夫真的存在爱情吗？如果以第四幕她回到索林庄园后对特里波列夫说的"那时候，我爱您"来判断，似乎这段爱情真的存在过。但是从第一幕直到结尾，妮娜对于特里波列夫的关心和维护恐怕远未到达恋人的程度。比如第一幕，演出失败之后，妮娜明知道要早回家，但她宁可等到众人聊天冷场后去和特里果林会面交流，也没有去找因演出失败而失落的特里波列夫。

第二幕，妮娜来到庄园的第一件事，是和阿尔卡金娜等人聊天，而不是去看望"忧愁地在湖上待了好些天"的特里波列夫。而当玛莎请求她读特里波列夫的剧本时，她的回答也是"您想听吗？多么沉闷"。之后当特里波列夫把打死的海鸥献在她的面前时，她只是表示"您这是怎么了"、"我简直认不出您了"、"我太单纯了，不能了解您"。试想此时的特里波列夫极力表达自己的难受，很可能是想得到妮娜的同情与安慰，虽然他采取了渲染悲伤情绪、质疑和指责等令人难以接受的方式，但也间接看出，妮娜对其完全没有相应的怜悯甚至没有任何耐心。

第三幕，从特里果林与玛莎的对话中可知，特里波列夫开枪自杀未遂，其后又提出和特里果林决斗。在这种情形下，可以设想妮娜恐怕不再是"这个家里受欢迎的客人了"，否则她不会悄悄地来见特里果林而不想让别人发现。剧作中没有提及妮娜是否看望过特里波列夫的伤势，但加以联想——如果妮娜去看望并且说了些贴心的话语，恐怕特里波列夫也就不会向母亲哭诉"我什么都丢了。她不爱我了，我再也写不出什么来了……再也没有一点希望了……"。

第四幕，妮娜归来，虽然她主动敲窗子引起了特里波列夫的注意，见面后"把脸伏在特里波列夫的怀中，轻声地抽泣"，但可以推断，她到索林庄园并非为了看望特里波列夫，而是来看特里果林的。因为剧中写明，特里波列夫几乎每天都去旅馆找妮娜，而妮娜"关上门不见"。直到特里果林来了之后，妮娜才"恰好出现在此"，恐怕并非巧合。她听到特里果林的声音，立即扔下还在身边难过的特里波列夫、从门锁洞里去看特里果林；她再次拒绝特里波列夫的感情，描述完自己的悲惨经历、表达完自己的人生信念后，她以"说心里话"的方式告诉特里波列夫，"我比以前更爱特里果林"——这是一种情感上极大的残忍，也足见妮娜心中已经不存在任何对特里波列夫的顾忌与关心。

关于《海鸥》的舞台创作

《海鸥》是一部经得起不断在舞台上再创作的剧本。

即使是同一个创作者，相信随着年龄与阅历的增加，能够找到新的解读并产生相应舞台呈现的灵感。就我个人而言，很荣幸能够在成长的过程中多次调整认知并做出不同的创作尝试。

二〇〇九年，我第一次在中国国家话剧院导演话剧《海鸥》。因为经费和场地等问题的制约，仅保留了六个原剧人物，分别是特里波列夫、妮娜、阿尔卡金娜、特里果林、玛莎和麦德维坚科。这一删减虽然无奈，却符合我当时对《海鸥》的解读——当你发现你所追求的事物，无论是爱情还是事业，可能是一个错误，那么你是否还会坚持？是否会为当初的选择而后悔？

这一解读源自对剧本中"理想主义"的深化与表达。当时正是我从其他行业回归戏剧舞台、同时又向往美好爱情的阶段，发现曾经坚持的理想在现实中不仅步履蹒跚，甚至在别人看来几近幼稚可笑。于是我在改编剧本时把特里波列夫当作"代言人"，通过他勇于探索戏剧新形式、近乎执拗地坚持爱情、对于自己力量不足的最终认知，表达面对理想与现实之间落差的徘徊。而"特里波列夫之死"也是我诠释的重点——特里波列夫的自杀，正是他意识到了自身与现实的问题，不愿妥协更不愿随波逐流的最后抗争。

二〇二二年之后，我开始准备新版话剧《海鸥》。世界局势动荡频出。我似乎在现实中找到了《海鸥》的对照，各种冲突的诞生以及借口，与特里波列夫和妮娜之间的矛盾何其相似，而特里果林、阿尔卡金娜、索林、多恩等人物的特点也可以找到相应的映射。特里波列夫无数次表达对妮娜的情感，不惜两年中不停去找妮娜，甚至在妮娜饱受生活创伤后依旧希望重归于好。而妮娜，宁可无家可归，坐着三等列车去叶列茨城演戏，忍受"有文化的商人们"的纠缠，也不愿意接受特里波列夫的拥抱。即使她和特里果林分手并受伤，甚至极力摆脱"自己就是被无事可做的人打死的海鸥"这一想法，她依然坚定地承认自己对于特里果林"甚至更爱"的感情。而这一表达，放入了我的思考——"人也好，国家也罢，都有选择另一种生活的权利，前提是为自己的选择而负责。"这也成为我此次创作的主题。

契诃夫笔下"对另一种生活的向往"，其戏剧的开放性和多义性，为活跃在世界各地的戏剧工作者提供了巨大的创作支持和空间，因为他所给予的，正是人类生存中不可回避同时也是永远值得探讨的话题。

"到契诃夫中去",去发现新大陆

正如"海鸥究竟象征和表达了什么"这一话题有无穷解,契诃夫没有给出"生命与生活的正确答案",他用他的作品,召唤我们在不同的时间和不同的经历中求索,要如何面对环境与自我,如何面对现实生活和理想的生活。契诃夫也不会把所思所想付诸直白的表述,而是要我们学会寻找"文字下的潜流",通过一个单词、一个典故、一个舞台提示、一个停顿而展开研究和联想,打开其本意表达的各种可能性。而这把"打开潜流大门"的钥匙,正是我们对于世界、对于人的认识与判断。而如果我们再把自身经验引入其作品之中,还会发现:他和我们普通的人拥有同样的感悟和表达,只是他更加内敛,更加幽默,更加宽和。

对于《海鸥》,永远有着不断研究的空间;对于契诃夫的创作,也永远存在可发现的新大陆。作为读者与创作者,永远无法把"契诃夫以及《海鸥》的真相"完整说出,也不会存在某个"绝对真理",更不会出现所谓"标准版本"的演出。但是,我们可以去根据自己的情况在阅读中不断发问和寻求答案、做出属于自己的解释;在创作中不断找到有趣而合理的舞台处理,排演并传达出属于自己的感悟。

这篇文字记录了我从研究者到创作者的二十多年

来，理解契诃夫及《海鸥》的心得，囿于篇幅，只是其中一部分，相信读者们看完，还会发现有很多是"一家之言"。有此经验，我或许可以对每一位热爱契诃夫及其作品的人，寄予一份期望——"到契诃夫中去"，去找到属于自己的理解、认知与表达，去发现自己的新大陆。

海 鸥

四幕喜剧
一八九六年

人物表

阿尔卡金娜,伊琳娜·尼古拉耶夫娜,随夫姓应是特里波列娃——女演员。

特里波列夫,康斯坦丁·加夫里洛维奇(科斯佳)——阿尔卡金娜的儿子。

索林,彼得·尼古拉耶维奇(彼得鲁沙)——阿尔卡金娜的哥哥。

扎烈奇娜雅,妮娜·米哈伊洛夫娜——一个富有的地主的女儿。

沙姆拉耶夫,伊利亚·阿法纳西耶维奇——退伍的陆军中尉,索林家里的管家。

波琳娜·安德烈耶夫娜——他的妻。

玛莎(玛丽雅·伊利尼奇娜)——他们的女儿。

特里果林,鲍里斯·阿列克塞耶维奇——作家。

多恩,叶甫盖尼·谢尔盖耶维奇——医生。

麦德维坚科,谢苗·谢苗诺维奇——小学教员。

雅科夫——工人。

一个厨子

一个女仆

故事发生在索林的庄园里。

第三幕和第四幕之间,时间相隔两年。

第一幕

索林庄园里的花园一角。一条宽阔的园径，通向花园深处的湖泊。面对着观众，一座草草搭成的业余舞台，横断着这条园径，把湖水全部遮住。舞台两旁是些丛林。

几张长凳，一张小桌子。

太阳刚刚西下。闭着的幕后，是雅科夫和其他工人。咳嗽声，锤击声。

幕开时，玛莎和麦德维坚科正散步回来，由左方上。

麦德维坚科 你为什么总是穿着黑衣裳？
玛莎 我给我的生活挂孝啊。我很不幸。
麦德维坚科 这是为什么？（沉默）我不懂……你身体

很好，你的父亲虽然没有很多财产，可也还富足。我的生活比你困难多了。我一个月只进二十三个卢布，还要在里边扣去养老金。就是这种情形我也还不挂孝呢。（他们坐下）

玛莎 金钱并不就是幸福。一个人即使贫穷也能幸福。

麦德维坚科 理论上是对的，而事实是这样：我得用我那二十三个卢布，养活我的母亲、我的两个姊妹和我的小弟弟。总得吃饱喝足呀！总得有茶有糖呀！也还得有烟草呀！你就拿这点钱去应付应付看吧。

玛莎 （向舞台看了一眼）表演快开始了。

麦德维坚科 对了。表演的是扎烈奇娜雅。剧本是康斯坦丁·加夫里洛维奇写的。他们在恋爱，他们的灵魂也要在今天晚上共同创造一个艺术形象的努力中结合起来了。可是你我的灵魂呢，却没有可以接触之点。我爱你，由于苦恼，我在家里坐不住。我每天来回走十二里路，跑来看你，而我所遇到的只是你那种表示无能为力的冷淡。这是很可以理解的。我没有财产，家里人口又多……谁也不会嫁给一个连自己都没得吃的男人啊。

玛莎 胡说！（闻鼻烟）你的爱情叫我感动，可是我不能回报，很简单。（向他递过烟盒去）请。

麦德维坚科 谢谢，我不喜欢这个。

〔停顿。

玛莎　天气真闷！今天夜里准会有一场暴风雨。你只是高谈哲学，要不然就是钱。听你讲起来，贫穷仿佛是痛苦里面最大的痛苦啦。而我认为就是穿着破衣裳、去讨饭，都要好到万倍，总比……而且，你也不能理解……

〔索林和特里波列夫由右方上。

索林　（挂着一根手杖）我呀，你知道，住在乡下我可真不舒服，而且，我一辈子也习惯不了。昨天晚上，我十点钟就躺下了，睡到今天早晨九点钟，我一醒，就觉得睡得太多了，脑子仿佛粘在天灵盖上。（笑）吃完中饭，我不知怎的又睡着了，我做着噩梦，浑身像散了架一样。归根结底……

特里波列夫　一点不错，你天生是该住在城里的。（看见玛莎和麦德维坚科）先生女士们，开幕以前，会去请你们。现在可不能待在这儿。我请你们离开这儿。

索林　（向玛莎）玛丽雅·伊利尼奇娜，好不好请你费心跟你父亲说说，请他叫人把那条整天咆哮的狗，给解开链子……我妹妹又整整一夜没能合上眼。

玛莎　你自己跟他说去吧，我呀，我受不了。不要叫我去。（向麦德维坚科）咱们走！

麦德维坚科　（向特里波列夫）那么，开戏以前你可得通知我们啊。

〔玛莎和麦德维坚科下。

7

索林　这么说，那条狗照样得整夜地咆哮了。就瞧瞧吧！我在乡下从来没有过得称心过。从前，我赶上有好多次二十八天的休假，都是到这儿来，想好好地休息一下的。可是一到这里，种种的烦恼就烦得我恨不得马上跑开。(笑)我每一次都是离开这儿最高兴……可是现在呢，我退休了，说真的，我没有哪儿可去了。不管你愿意不愿意，反正得住在这儿啦……

雅科夫　(向特里波列夫)康斯坦丁·加夫里洛维奇，我们洗个澡去。

特里波列夫　好，只是十分钟就得回来盯着。(看看表)快开幕了。

雅科夫　好吧。(下)

特里波列夫　(把舞台打量了一下)这个舞台真不算坏！前幕，第一道边幕，第二道边幕，再后边，是空的。没有布景。可以一眼望到湖上和天边。我们要在准八点半开幕，那时候月亮刚上来。

索林　好极了。

特里波列夫　如果扎烈奇娜雅迟到了，一切效果可就毫无问题都要被破坏了。这时候她应该到了呀。她的父亲和她的后母把她监视得太紧，所以，她要从她家里跑出来，就跟在监狱里那么困难。(整整他舅舅的领结)你的头发和胡子都是乱蓬蓬的，实在应该找人给你剪剪了……

索林 （用手理理胡子）这正是我的生活的悲剧呀。在我年轻的时候，我的外表看来也像个整天喝得醉醺醺的人。我在女人身上，从来没有成功过。（坐下）我妹妹为什么心情不好哇？

特里波列夫 为什么？她不高兴啦。（坐在索林旁边）她嫉妒。你看她这不是已经反对起我，反对起这次表演，反对起我这个剧本来了吗，只因为演戏的不是她，而是扎烈奇娜雅。我这个剧本，她连看都没有看，就已经讨厌了。

索林 （笑着）得啦，你这是打哪儿看出来的呀？……

特里波列夫 她一想到，连在这么一个小小的剧场里，受人欢呼的将是扎烈奇娜雅，而不是她，就已经生气了。（看表）我这个母亲呀，真是一个古怪的心理病例啊！毫无问题，她有才气，聪明，读一本小说能够读得落泪，能够背诵涅克拉索夫的全部诗篇，伺候病人也温柔得像一个天使；只是你可得好好当心，千万不要在她的面前称赞杜丝[1]！嘿！那呀，喝！你们只能夸奖她，只能谈她；你们应当为她在《茶花女》或者在《生活的醉意》[2]里那种谁也比不上的表

---

[1] 意大利十九世纪末的著名女演员。（脚注如无特别注明，均为译者注。）
[2] 俄罗斯作家马尔凯维奇的作品。

演而欢呼，而惊叹。然而，她既然在这乡下找不到这种陶醉，于是厌倦了，恼怒了，就把我们都看成了仇人了，觉得这些责任都该由我们来承担。而且，她是迷信的，她永远不同时点三支蜡烛，[1]她怕十三这个数目字。她是吝啬的。我确实知道她有七万卢布，存在敖德萨一家银行里。可是你试试看向她借一次钱，她准得哭穷。

索林 这是你脑子里装着个成见，觉得你母亲不喜欢你的剧本，所以你才烦恼，就是这么回事。放心吧，你母亲爱你。

特里波列夫 （撕着花瓣[2]）爱我，不爱；爱我，不爱；爱我，不爱。（笑）你看，我母亲不爱我。啊！她要生活，要爱，要穿鲜艳的上衣。我已经二十五岁了，我经常提醒她，说她已经不年轻了。可是，我不在她面前，她只有三十二岁；在我面前，她就是四十三了，这也就是她恨我的原因。她也知道我是反对目前这样的戏剧的。她却爱它，她认为她是在给人类、给神圣的艺术服务。可是我呢，我觉得，现代的舞台，只是一种例行公事和一种格式。幕一拉开，

---

1 旧俄风俗，人死后，头前点两支蜡烛，脚下点一支。所以同时点三支蜡烛，是死亡的象征。
2 旧俄风俗，占算未可知的事情用以自慰时，撕一朵花的花瓣，每撕一瓣，更替地说一次是与否，看花朵上剩下最后一瓣落在什么话上，以断吉凶。

脚光一亮，在一间缺一面墙的屋子里，这些伟大的人才，这些神圣艺术的祭司们，就都给我们表演起人是怎样吃、怎样喝、怎样恋爱、怎样走路、又怎样穿上衣来了；当他们从那些庸俗的画面和语言里，拼着命要挤出一点点浅薄的、谁都晓得的说教来，这种说教，也只能适合家庭生活罢了；一千种不同的情形，他们只是永远演给我一种东西看，永远是那一种东西，永远还是那一种东西；——我一看见这些，就像莫泊桑躲开那座庸俗得把他的脑子都搅乱了的巴黎铁塔一样，拔腿就逃了。

索林 然而咱们没有戏剧也不行啊。

特里波列夫 应当寻求另外一些形式。如果找不到新的形式，那么，倒不如什么也没有好些。（看表）我爱我的母亲，我很爱她。可是她过的是一种荒谬的生活，她只跟那个小说家缠在一起，报纸上总是出现她的名字，人家议论纷纷——这都叫我难受。有时候，我觉得心里头有一个普通人的自私心在说话；我甚至因为我母亲竟是一个著名的女演员而感到遗憾，我觉得如果她是一个普通女人，我会幸福得多。你说说，舅舅，还有比我这种处境更绝望更违背常情的吗？你设想一下，我母亲接待着各种各样的名流、演员、作家，而我呢，我是他们当中唯一的一个不算是什么的人，允许我跟他们待在一起，只因为我是她的儿子。我是谁呢？我是个什么样的人呢？一个像编辑们所常说的他们"无法负责"的情况，逼得我在三年级上离开了大学。我什么才干也没有，我一个小钱也没有，而且，根据我的护照，我不过是个基辅的乡下人[1]。因为，我父亲虽然是个出名的演员，但他也是个基辅的乡下人。因此，她客厅里的那些演员和作家，每逢对我肯于垂青的时候，我就觉得他们只是在打量我有多么不足道——我猜得出他们思想深处想的是什么，我感到受侮辱的痛苦……

索林 顺便问一声，这个小说家是个什么样的人哪，请问？好个古怪的人！他总是默不作声的。

特里波列夫 他是一个聪明、简单、有一点忧郁的人；你知道，很文雅。他还没有四十岁，可是已经出了名，而且够富足的啦……至于他的作品，那……我可怎么对你说呢？漂亮，有才气……只是……读过了托尔斯泰和左拉的作品，我想谁也不愿意再看一点点特里果林的小说了。

索林 我呀，你知道，我喜欢文人。当年，我有一阵热情地想望着两样事：结婚和成为作家。可是我哪一

---

[1] 直译是"资产阶级"。在封建社会，居住在城市的富裕居民（最初都是地主，后来包括小资产阶级和自由职业者），凡不是贵族，或者在政治上、社会上没有地位的，都被官方列为"乡下人"。

样也没有成功。是的，说真的，即使做一个小小的文学家，也够多乐呀。

特里波列夫 （倾听）我听见脚步声啦。（抱住他的舅舅）没有她我活不下去……就连她的脚步声音，我都爱听……哈，我可真幸福啊。（急忙向着上场的妮娜·扎烈奇娜雅走去）我的仙女，我的梦啊……

妮娜 （激动地）我没有来晚吧？……没有，是吧？……

特里波列夫 （吻她的两手）哪儿晚呀，没有，没有……

妮娜 我一整天都急得要命！我怕我父亲把我绊住……可是他和我后母出去了。刚才天色发红，月亮上来了。所以我就紧打我那几匹马，叫它们快跑！（笑）可是现在我满意了。（用力握索林的手）

索林 （笑着）你的眼睛，我看是哭过了吧？……嘿！嘿！这可就不乖啦！

妮娜 没有什么……你看我喘得多厉害。半点钟以后我就得走，咱们得快点。不能多待，不可能，不要叫我多耽搁，我求你。我父亲不知道我在这儿。

特里波列夫 真的，是该开始了。应当把大家都叫来了。

索林 让我去吧，我这就去。（向右方走去，唱）"两个投弹兵，回到了法兰西……"[1]（往四下里看看）有一

---

1 海涅的诗《两个投弹兵》。

回，我就像你们听见的这样唱，一个副检察官[1]跟我说："您的声音真有力量，大人……"说完，他思索了一下，添了一句："可就是……难听。"（笑，下）

妮娜　我的父亲和他的女人不准我到这儿来。他们说你们全是些行为放荡的人……他们怕我当上演员。可是我自己觉得像只海鸥似的叫这片湖水给吸引着……你已经占据了我的整个心房了。（往四下里望）

特里波列夫　这儿只有咱们两个。

妮娜　我觉得那儿有个人……

特里波列夫　没有，一个人也没有。（接吻）

妮娜　这叫什么树呀？

特里波列夫　榆树。

妮娜　它的颜色为什么这么深哪？

特里波列夫　这是晚上啦，一切东西就都显得昏暗了。不要那么早就走吧，我求你。

妮娜　不可能。

特里波列夫　妮娜！我到你们家去怎么样？我要整夜都站在花园里，看着你的窗口。

妮娜　不行。打更的会看见你。还有宝贝，它跟你不太

---

[1] 旧俄司法部附设的检举顾问会，里边有检察官、副检察官和高级检察官。索林已经做到高级检察官，当时的名义是实职国家顾问；按照彼得大帝的官职表，相当于陆军少将和海军少将。

熟，会吠起来的。

特里波列夫 我爱你。

妮娜 嘘……

[脚步声。

特里波列夫 那是谁？雅科夫啊，是你吗？

雅科夫 （舞台后）对啦，是我。

特里波列夫 你们都在自己位子上准备着吧。时候到了。月亮上来了吗？

雅科夫 对啦，上来啦。

特里波列夫 你们预备好酒精了吗？还有硫磺呢？那对红眼睛出现的时候，应当有一股硫磺味。（向妮娜）来吧，一切都齐全了。你有点心慌吗？……

妮娜 是的，慌得很。倒不是因为你母亲，我不怕她，可是特里果林在这儿……我在他面前演戏觉得又害怕又难为情……这么一个著名的作家……他年纪轻吗？

特里波列夫 是的。

妮娜 他写的小说妙极了！

特里波列夫 （冷冷地）这我不知道，我没有读过。

妮娜 你的剧本很难演。人物都没有生活。

特里波列夫 人物没有生活！表现生活，不应该照着生活的样子，也不该照着你觉得它应该怎样的样子，而应当照着它在我们梦想中的那个样子……

妮娜 你的剧本缺少动作，全是台词。还有，我觉得，

剧本里总应当有些爱情……（他们走到舞台后边去）

［波琳娜·安德烈耶夫娜和多恩上。

波琳娜·安德烈耶夫娜 空气潮湿起来了，回去穿上你的套鞋吧。

多恩 我太热。

波琳娜·安德烈耶夫娜 你就不注意自己的身体。这简直是固执。你自己是个医生，你应当知道潮湿对你没有一点好处，可是你偏要叫我痛苦；昨天，你就成心在凉台上待了一整夜……

多恩 （低唱着）"不要说他的青春已经毁掉。"[1]

波琳娜·安德烈耶夫娜 你和伊琳娜·尼古拉耶夫娜谈得那么入神，把你谈得连……连天气凉下来都不觉得了。承认吧，你喜欢她……

多恩 我五十五岁了。

波琳娜·安德烈耶夫娜 那有什么关系！在一个男人，这还不算老。你还显得很年轻，照样儿招女人们喜欢。

多恩 你可要我怎么样呢？

波琳娜·安德烈耶夫娜 你们男人都一模一样，都是永远准备着趴在一个女演员脚底下的。没别的！

多恩 （低唱）"你看我，又来啦，来到你的面前。"[2] 如果

---

[1] 涅克拉索夫的诗《他分担了沉重的苦难……》里的句子。
[2] 克拉斯诺夫《短句集》里的句子。

社会上喜欢艺术家,而且对待他们和对待,比如说,和对待商人不同,那是很自然的事情。这属于理想主义。

波琳娜·安德烈耶夫娜 女人们总是对你钟情,总是想嫁给你。那也是理想主义吗?

多恩 (耸耸肩)可是呢?我承认,她们对我一向都表示好感。她们爱我,最主要的是因为我有熟练的医术。十年或者十五年以前,全省里边,我是唯一的一个像样的产科医生,你还记得吗?而且,我一向是个规矩人。

波琳娜·安德烈耶夫娜 (拉起他的手)我的亲爱的!

多恩 当心。有人来了。

〔阿尔卡金娜挽着索林的手,特里果林、沙姆拉耶夫、麦德维坚科和玛莎同上。

沙姆拉耶夫 一八七三年,她在波尔达瓦博览会上演得可妙极啦!那真是了不起!嘿!你看她演的!还有,你碰巧能告诉告诉我,那个演滑稽角色的恰金,就是巴维尔·谢苗诺维奇,他现在在什么地方啦?他演的那个拉斯普留耶夫[1],演得真是盖世无双啊,甚至比萨多夫斯基[2]还高一筹呢,这我敢跟你说,高贵的

---

[1] 俄国剧作家苏赫沃-科比林的剧本《克列琴斯基的婚礼》里的一个滑稽角色。
[2] 莫斯科的名演员。

夫人。他如今在什么地方啦？

阿尔卡金娜　你总是关心洪水以前的古代人物。我怎么知道呢？（坐下）

沙姆拉耶夫　（叹息着）帕什卡·恰金啊！如今再也看不见像他那样的演员了！舞台正在衰落着呀，伊琳娜·尼古拉耶夫娜！再也看不见咱们当年那些粗壮的橡树了，如今剩下的全是些残桩子啦。

多恩　今天伟大的人才确是稀少了，这倒是实话，然而，从另外一方面看呢，一般演员的水平，却是大大地提高了。

沙姆拉耶夫　我不能同意你的话。再说，这是一个趣味问题呀。De gustibus aut bene, aut nihil[1]。

〔特里波列夫由舞台后边走出。

阿尔卡金娜　（向她的儿子）怎么样啊，我亲爱的孩子，就要开始了吗？

特里波列夫　等一会儿。请你稍微忍耐一下。

阿尔卡金娜　（背诵《哈姆莱特》的一段台词）"啊，我的儿子！你叫我的眼睛看到了我的灵魂深处，我看见它流满了污血、生遍了致命的脓疮。我完了！"[2]

---

[1] 拉丁语，趣味各有高低。
[2] 《哈姆莱特》中这段台词应是："啊，哈姆莱特！不要说下去了！你使我的眼睛看见了我自己灵魂的深处，看见我灵魂里那些洗拭不去的黑色的污点。"后两句是阿尔卡金娜改的。——编者

特里波列夫 （同剧的台词）"你为什么向淫邪屈膝，为什么到罪恶的渊薮里去寻求爱情？"[1]

〔号声从舞台后边响起。

先生女士们！开始了！注意！

〔停顿。

我开始。（用一根小木棍轻轻敲着，很高的声音）啊！你们，在苍茫的夜色里盘旋于湖上的这些可敬的古老阴影啊，催我们入睡吧，使我们在梦中得以见到二十万年以后的情景吧。

索林 二十万年以后，那可就什么都没有了哇。

特里波列夫 好了，那就让他们把这种什么都没有的情景，给我们表现出来吧！

阿尔卡金娜 就算是这样吧。我们现在睡觉吧。

〔幕启。湖上的景色。月亮悬挂在天边，反映在水里；妮娜·扎烈奇娜雅，周身白色的衣裳，坐在一块巨大的石头上。

妮娜 人，狮子，鹰和鹧鸪，长着犄角的鹿，鹅，蜘蛛，居住在水中的无言的鱼，海盘车，和一切肉眼所看不见的生灵——总之，一切生命，一切，一切，都

---

[1] 哈姆莱特回答他母亲的话是："嘿，牛活在汗臭垢腻的眠床上，让淫邪薰没了心窍，在污秽的猪圈里调情弄爱——"英译本由于特里波列夫引用的这段台词与原文不符，便参考乔治·考尔德伦的英译本改为："让我扭你的心；你的心倘不是铁石打成的……"这段台词，现根据契诃夫原著俄文本译出。——编者

在完成它们凄惨的变化历程之后绝迹了……到现在，大地已经有千万年不再负荷着任何一个活的东西了，可怜的月亮徒然点着它的明灯。草地上，清晨不再扬起鹭鸶的长鸣，菩提树里再也听不见小金虫的低吟了。只有寒冷、空虚、凄凉。

［停顿。

所有生灵的肉体都已经化成了尘埃；都已经被那个永恒的物质力量变成了石头、水和浮云；它们的灵魂，都融合在一起，化成了一个。这个宇宙的灵魂，就是我……我啊……我觉得亚历山大大帝，恺撒和莎士比亚，拿破仑和最后一只蚂蟥的灵魂，都集中在我的身上。人类的理性和禽兽的本能，在我的身上结为一体了。我记得一切，一切，一切，这些生灵的每一个生命都重新在我身上活着。

［磷火出现。

阿尔卡金娜　（极小的声音）有点颓废派的味道。

特里波列夫　（请求地，带着指责的神色）妈妈！

妮娜　我孤独啊。每隔一百年，我才张嘴说话一次，可是，我的声音在空漠中凄凉地回响着，没有人听……而你们呢，惨白的火光啊，也不听听我的声音……沼泽里的腐水，靠近黎明时分，就把你们分娩出来，你们于是没有思想地、没有意志地、没有生命的脉搏地一直漂泊到黄昏。那个不朽的物质力量之父，撒旦，生怕你们重新获得生命，立刻就对你们，像对顽石和流水一样，不断地进行着原子的点化，于是，你们就永无休止地变化着。整个的宇宙里，除了精神，没有一样是固定的，不变的。

〔停顿。

我，就像被投进空虚而深邃的井里的一个俘虏一般，不知道自己到了什么地方，也不知道会遭遇到什么。但是，只有一件事情我是很清楚的，就是，在和撒旦，一切物质力量之主的一场残酷的斗争中，我会战胜，而且，在我胜利以后，物质和精神将会融化成为完美和谐的一体，而宇宙的自由将会开始统治一切。但是那个情景的实现，只能是一点一点的，必须经过千千万万年，等到月亮、灿烂的天狼星和大地都化成尘埃以后啊……在那以前，一切将只有恐怖……

〔停顿；湖上出现了两个红点。

看，我的劲敌，撒旦走来了！我看见它的眼睛了，紫红的，怕人啊……

阿尔卡金娜　有硫磺的味道。是需要这样的吗？

特里波列夫　是。

阿尔卡金娜　（笑着）哈，是为了制造舞台效果的。

特里波列夫　妈妈！

妮娜　使它悲哀的，是人不存在了……

波琳娜·安德烈耶夫娜 （向多恩）你怎么把帽子摘下来啦？戴上，要不你会着凉的。

阿尔卡金娜 大夫是在向撒旦，那个永恒物质之父脱帽致敬呢。

特里波列夫 （激怒，很高的声音）算了！够了！闭幕！

阿尔卡金娜 你为了什么生气呀？

特里波列夫 够了！闭幕！闭幕，听见了没有！（跺脚）闭幕！

〔幕落。

一百个对不住！是我忘记了，只有几个选民才有写剧本和上台表演的权利。我破坏了这个特权！……我呢……我……（还想说些话，却只做了几个失望的手势，就从左方下）

阿尔卡金娜 他这是怎么啦？

索林 哎呀，伊琳娜，我的朋友呀，可不能这样对待一个年轻人的自尊心哪。

阿尔卡金娜 可我并没有对他说什么呀！

索林 你伤了他的心。

阿尔卡金娜 是他自己事先告诉我，说这全是闹着玩儿的，所以我才把他这个戏当作开玩笑的。

索林 不错是不错，可……

阿尔卡金娜 可是现在呢，仿佛他又觉着自己写的是一个具有伟大价值的作品啦！嘿，你们就瞧瞧！难道这种表演，这种熏死人的硫磺，就不算是开玩笑，而算是示威啦……毫无疑问，他是想教教我们该当怎样写，该当怎样演。说实话，这种办法可讨厌哪。随你们想怎么说都行，反正我觉得像这种接连不断的攻击和揶揄，结果会叫谁也忍耐不住的！简直是一个逞强任性的孩子，满脑子都是自尊心。

索林　他本想叫你高兴的。

阿尔卡金娜　真的吗？那他为什么不选一个普通的剧本，却勉强我们听这种颓废派的呓语呀？如果只是为了笑一笑，那我也很愿意听听，然而，他不是自以为是在给艺术创立新形式、创立一个新纪元吗？这一点也谈不上新形式。我倒认为这是一种很坏的倾向。

特里果林　无论谁，都得容他按照自己的意思和自己的能力写呀。

阿尔卡金娜　就让他按照他的意思和他的能力写去好啦，只有一样，他可不要来打搅我呀。

多恩　雷神啊，你发起雷霆来啦。

阿尔卡金娜　我是个女人，不是个雷神。（点起一支香烟）我不是生气，我是看见一个青年人用这么愚蠢的方法来消磨他的时间，确确实实感到痛心。我并没有想要伤他的心。

麦德维坚科　没有一个人有理由把精神和物质分开，因为精神本身可能就是许多物质原子的一个组合体。（向特里果林，热切地）你知道，恐怕应当创作一个描写我们小学教员生活的剧本，把它演一演；我们的生活可太苦啦，真的呀！

阿尔卡金娜 完全对，只是咱们别再谈什么剧本呀原子呀。夜色多么美呀。有人在唱歌。你们听见了吗？

　　［大家倾听。

唱得多好哇！

波琳娜·安德烈耶夫娜 这是从对岸传过来的。

　　［停顿。

阿尔卡金娜 （向特里果林）你坐到我旁边来。十年或者十五年以前，这片湖水上边，差不多每夜都缭绕着音乐和歌声；湖边有六座大庄园。永远是笑声、嘈杂声、枪声，还有，情侣呀，没有完的情侣……那个时候，这六座庄园的偶像，那位主角，（用手指着多恩）让我很荣幸地向你们介绍介绍吧，就是这儿这位叶甫盖尼·谢尔盖耶维奇医生。他今天还很漂亮，但是，在那个时候，他是令人倾倒的。咳，我有些后悔起来了。我为什么要伤我可怜孩子的心呢？我心里觉着不安。（叫）科斯佳，我的孩子啊！科斯佳！

玛莎 我找他去。

阿尔卡金娜 就请费心吧，亲爱的。

玛莎 （向左方走去）喂，康斯坦丁·加夫里洛维奇！喂！（下）

妮娜 （从舞台后边出来）一定是到这儿打住啦，我可以出来了。你好呀！（拥抱阿尔卡金娜和波琳娜·安德烈耶夫娜）

索林 好哇！好哇！

阿尔卡金娜 好哇！好哇！我们欣赏过了！有这么一副容貌和这么美妙的声音，绝不可以长久埋没在乡下，那可是犯罪呀。你确实有才能。你听见我的话了吗？你应当演戏！

妮娜 啊！那是我的梦想啊。（叹一口气）然而这是永远不会实现的。

阿尔卡金娜 谁说得定呢？请允许我给你介绍介绍吧：特里果林，鲍里斯·阿列克塞耶维奇。

妮娜 啊，我真幸运……（局促）你的作品我都读过……

阿尔卡金娜 （叫妮娜坐在她身旁）不要拘束，我的乖孩子。他虽是一位名人，心地却很单纯。你看，连他自己都害羞了呢。

多恩 我想现在该把大幕拉开了吧。再这样下去可受不了了。

沙姆拉耶夫 （高声）雅科夫，把大幕拉升吧！

〔幕启。

妮娜 （向特里果林）这出戏可奇怪，你不觉得吗？

特里果林　我一个字也不懂。但是我很高兴地看了下去。你演得那么富于感情。而且布景也很美。

　　〔停顿。

这片湖水里，鱼一定很多的。

妮娜　是的。

特里果林　我爱钓鱼。我认为在太阳落山的时候，一个人坐在水边，凝视着浮子，那种乐趣，是再也没有比那更大的了。

妮娜　当然了，但我觉得，一个尝过创作愉快的人，一定不会感到有别的愉快的。

阿尔卡金娜　（笑着）别说了。谁一恭维他，就把他弄得很窘。

沙姆拉耶夫　我记得有一次在莫斯科的歌剧院里，那个著名的西尔瓦一开始就唱个低音。好像有谁成心安排好了似的，有一个低音歌手，是圣西诺德圣诗班的一个唱圣诗的也正来看戏。你们想想看，我们可有多么吃惊吧！忽然从顶高的楼座里，冒出一声"好哇，西尔瓦！"整整低了八度……就像这样，你们听（用低音）："好哇，西尔瓦！"……全场的人都听愣了。

　　〔停顿。

多恩　一个天使飞过去了。

妮娜　我可得走了。再见。

阿尔卡金娜　怎么？为什么这么早走呀？我们不放你走。

妮娜　爸爸等着我呢。

阿尔卡金娜　他还是那么讨厌哪……（她们拥抱）可是，这也没有办法呀。你走了，这可真可惜。

妮娜　你不知道我走开了自己有多么难受啊！

阿尔卡金娜　你应当找一个人送你回去呀，我的亲爱的。

妮娜　（惊慌）啊！不要，不要！

索林　（恳求地）不要走吧！

妮娜　我不能不走，彼得·尼古拉耶维奇。

索林　再待一个钟头，你再走。不要走，真的，可说……

妮娜　（思索着，眼泪汪汪地）不行啊！（握握他的手，迅速走下）

阿尔卡金娜　真正是一个可怜的女孩子啊。听说她已故的母亲临死的时候，把她所有的财产，一笔很大的财产，都送给她丈夫了，一个子儿也没剩。可是现在呢，这个孩子什么也没有了，因为她父亲把所有的财产又都送给他这个续弦太太了。这真没廉耻。

多恩　是的，她那位好爸爸，说句公平话，是一个地道的大流氓。

索林　（搓着有点冷的手）我们也该走了吧？天气又潮湿起来了。我的脚又疼了。

阿尔卡金娜　你那两只脚哇，得说是木头做的，用力气拖都拖不动。咱们走吧，不幸的老头子。（挽着他的

一只胳膊）

沙姆拉耶夫 （把胳膊伸给他的太太）太太？

索林 这条狗又嚎起来了。（向沙姆拉耶夫）伊利亚·阿法纳西耶维奇，我求你，叫人把它放开了吧。

沙姆拉耶夫 不行，彼得·尼古拉耶维奇，我怕小偷会钻进粮仓去。我那儿放着黍子。（向走在他身旁的麦德维坚科）是的，整整低了八度："好哇，西尔瓦！"可是，他还不是一个职业的声乐家，不过是一个普通唱诗班的罢了。

麦德维坚科 他们赚多少钱哪，那些唱圣诗的？

［除多恩外，全下。

多恩 （一个人）我不知道，也许我是完全外行，也许是我头脑错乱，但是，我确确实实喜欢这个剧本。这里边有些东西。在那个女孩子讲到她的寂寞，后来又等到魔鬼带着那两只红眼睛出现的时候，我就觉得手都感动得发颤了。这是清新的，天真的。我觉得这个来的人就是他……我打心里想对他说许多好听的话。

特里波列夫 （上）大家全走了。

多恩 我还在呢。

特里波列夫 那个小玛莎在花园里到处找我。多么叫人受不了！

多恩 康斯坦丁·加夫里洛维奇，我非常喜欢你的剧本。

它有某种奇特的东西,我虽然没有听完,但是印象依然是很强的。你有才能,你应当继续努力下去。

〔特里波列夫热烈地握他的手,狂热地拥抱他。看你多么神经质啊!他眼泪都要流出来了……刚才我想跟他说什么来着?你的题材是从抽象世界里选出来的,你做得很对,因为一个艺术作品,应当是一个伟大思想的表现。只有严肃的东西,才是美的东西。但是你的脸色怎么这样苍白呀!

特里波列夫 这样说,你是认为我应当坚持下去了?

多恩 是的……但是只应当去表现重要的和不朽的东西。你知道我以往的生活,是多种多样的,我有鉴别力。我很满足了。但是,如果能够叫我感受到艺术家在创作时的那种鼓舞着他的力量,我认为我会藐视我的物质生活,藐视一切与它有关的东西。我会抛开这个世界,去追求更高的高度。

特里波列夫 请你原谅,扎烈奇娜雅呢?

多恩 不但如此。一切艺术作品,都应当含有一个鲜明的、十分明确的思想。你应当知道你为什么要写作。因为,如果你顺着这条风景怡人的道路,毫无目的地走下去,你一定要迷路,而你的才能也一定会把你葬送掉。

特里波列夫 (不耐烦)扎烈奇娜雅到哪儿去啦?

多恩 她回家了。

特里波列夫 （心乱了）那可怎么办呢？我要见她……绝对要……我要到她那儿找她去……

[玛莎上。

多恩 （向特里波列夫）镇静一下，我的朋友。

特里波列夫 我无论如何也要去。必须去。

玛莎 康斯坦丁·加夫里洛维奇，到房子里去。你的母亲等着你呢。她很不放心你。

特里波列夫 告诉她我已经出去啦。还有，我求求你们大家，都不要缠着我！让我一个人安静点吧！你紧跟着我干什么呢！

多恩 得啦，得啦，我的孩子……瞧瞧……你说的这叫什么话！

特里波列夫 （含着眼泪）再见了，医生。还要谢谢你……（下）

多恩 （叹一口气）青年啊，青年啊！

玛莎 人们一没有什么再可以说的时候，就都咕噜着：青年啊，青年啊……（闻鼻烟）

多恩 （把她的鼻烟盒拿过来，扔到丛林里去）这真讨厌。

[停顿。

他们好像在房子里弹起琴来了。咱们去吧。

玛莎 等一等。

多恩 什么事？

玛莎 我想再跟你说一说……我很想告诉你……（激动）

我不爱我的父亲……可是我对你有一种父女之情。我的整个灵魂都觉着你跟我很亲……帮助我。帮助我，不然我会做出糊涂事来的，我会毁灭我的生命，我会糟蹋它的……我再也支持不下去了……

多恩　我能帮你什么忙呢？

玛莎　我痛苦。没有人、没有人知道我有多么痛苦啊！（把头轻轻地倚在多恩的胸上）我爱康斯坦丁。

多恩　怎么个个都是神经病呢！怎么到处都是恋爱呢……啊，迷人的湖水啊！（温柔地）可是这件事我能帮什么忙呢，我的孩子？你说，我能帮什么忙呢？

——幕落

第二幕

棒球场。紧后边，靠右是一座带宽大凉台的房子。左边一个湖。湖水反映出灿烂的阳光。花坛。中午。热天。游戏场旁边，一棵老菩提树下，阿尔卡金娜，多恩和玛莎坐在一张长凳上。多恩的膝上放着一本打开的书。

阿尔卡金娜 （向玛莎）来，咱们站起来。（她们站起来）咱们并肩站。你二十二岁，我差不多大你一倍。叶甫盖尼·谢尔盖耶维奇呀，我们两个人谁显得年轻些？

多恩 你呀，当然喽。

阿尔卡金娜 你听见了吗？……这是为什么呢？因为我工作，我用感情，我永远活动，而你呢，你老待在一个地方，你不去生活……还有，我照例绝不操心未来。我永远也不想到老，也不想到死。该怎么样，谁也逃不过。

玛莎 可我呢，我总觉得自己已经生下来很久很久了。

我拖着我的生命往前走,就像拖着一条无尽的铁链子似的……我时常没有一点点活下去的欲望。(坐下)当然,这是糊涂话。应该振作一下,把这些都给摆脱掉。

多恩 (低唱着)"把我的表白告诉她,把我的誓言转给她……"

阿尔卡金娜 而且,我还像一个英国人那么注重仪表。我永远叫自己整整齐齐的,就像大家常说的,无论是梳妆,无论是打扮,永远 comme il faut[1]。我每逢出门,哪怕只走到花园里来,你也永远看不见我穿着 négligé[2] 或者没有梳头。能够叫我保持年轻的,就是因为我从来不让我自己成为一个不整洁的女人,从来不像别的女人那么马马虎虎。(两手叉着腰,在游戏场上走来走去)你看我,看上去像只小鸡那么活泼;我还能演十五岁的小姑娘!

多恩 得啦,我得往下念啦。(拿起他的书)我们刚才念到了粮商和老鼠……

阿尔卡金娜 和老鼠,对了。念吧。(坐下)不,把书递给我,该我念念了。(接过书来,找他们刚才念到的地方)和老鼠……我找到了……(读)"实在的,时髦人

---

1 法语,照应该的样子。
2 法语,睡衣。

物娇惯着小说家，把他们引到自己家里来，就和粮商在他的仓库里养老鼠一样的危险。然而这却很风行。所以，当一个女人挑选了一个作家，想要据为己有的时候，她就用恭维、赔小心和宠爱来围剿他……"这呀，在法国才是这样子呢，在咱们这儿，可没有固定的程序。一般来说，一个女人在俘虏一个作家之前，她已经是疯狂地爱上他了，我请你相信这一点。不必费事找太远的例子，就比如，拿特里果林和我来说吧……

[索林拄着他的手杖上。妮娜走在他身旁；麦德维坚科在他们身后推来一把空轮椅。

索林 （用一种对小孩子说话的口气）怎么样？满意了吧？咱们今天高兴啊，说真的。（向他妹妹）看咱这多高兴！父亲和后母到特维尔去了，咱们现在有三整天自由的日子。

妮娜 （坐在阿尔卡金娜旁边，拥抱她）我多幸福啊！现在我整个是你的了。

索林 （坐在椅子上）她今天真美呀！

阿尔卡金娜 打扮得又漂亮，又有趣……真是个可爱的小姑娘。（吻她）可是我们不要对她称赞得太多了，免得给她招来不幸[1]……鲍里斯·阿列克塞耶维奇哪

---

[1] 旧俄风俗，对人称赞或恭维过多，会给对方招来不幸的事情。

儿去啦?

妮娜　他正在游泳池那儿钓鱼呢。

阿尔卡金娜　他怎么钓不厌！(正想继续读下去)

妮娜　你读的什么?

阿尔卡金娜　莫泊桑的,《在水上》,我的乖孩子。(给她读了几行)底下的就没趣味,也不真实了。(合上书)我心里很不安。告诉我,我的儿子是怎么啦?他为什么这样忧愁,心绪这样坏?他在湖上待了好些天,我几乎见不着他。

玛莎　他心里苦恼。(向妮娜,羞怯地)请你把他写的剧本读几句给我听好吗?

妮娜　(耸耸肩)你想听吗?那多么沉闷哪!

玛莎　(抑制着自己的兴奋)他自己读起什么东西的时候,他的眼睛里就发出光芒,他的脸色就变白了。他的声音美丽而忧郁,他的风度像一个诗人。

　　　[索林的鼾声。

多恩　晚安!

阿尔卡金娜　彼得鲁沙!

索林　啊?

阿尔卡金娜　你睡着了吗?

索林　一点也没那么回事。

　　　[停顿。

阿尔卡金娜　你不好好治病,哥哥,这不对呀。

索林　我倒很愿意吃点什么药补补呢！可是医生不叫吃嘛。

多恩　六十岁还吃补药哇！

索林　人就是到了六十岁，也还想活呢！

多恩　（生气）那好啊！那你就吃点缬草酊好啦！

阿尔卡金娜　我觉得他要是到温泉去去会有好处的。

多恩　哈！他可以去……也可以不去。

阿尔卡金娜　这话可叫人怎么理解呢？

多恩　没有什么不能理解的。这话十分清楚。

〔停顿。

麦德维坚科　彼得·尼古拉耶维奇应该把烟戒了。

索林　糊涂话。

多恩　这不是糊涂话。酒和烟都能乱人的本性。抽完一支雪茄，或是喝完一杯伏特加，你就再也不是彼得·尼古拉耶维奇，而是彼得·尼古拉耶维奇加上另外一个人了。你的那个自己给蒸发了，你对你自己也就觉得像对一个第三者了。

索林　（笑着）你说倒是很可以这么说。你是真正生活过来了的，可我呢？我在司法部当了二十八年差，我还没有生活过呢，说真的，我什么经验也还都没有呢，所以，如果我是这么样地想要活一活，那是很自然的事。你什么都够了，什么都无所谓了，所以你才有心情高谈哲学；可是我呢，我要生活，所以我才没有白葡萄酒绝不吃饭,所以我才抽雪茄,诸如此类,道理很简单!

多恩　我们应当严肃对待生活。但是,六十岁还要吃补药,还后悔没有充分利用青春,这呀,请你原谅我,这是轻佻。

玛莎　(站起来)是去吃午饭的时候了,我想。(迈着懒散的、迟缓的脚步)我的腿都麻木了……(下)

多恩　她准得在吃午饭以前灌下两小杯去。

索林　可怜的女孩子,她没有幸福啊。

多恩　这是些无聊的话,大人。

索林　你这样议论,就像一个什么都不缺少的人。

阿尔卡金娜　啊!哎呀,还有什么比乡下这种微微的忧郁味道更倦人的吗?这么热,又这么静,谁也没有事做,都在高谈哲学来消磨时光……跟你们在一块儿倒是挺有趣的,朋友们,听着你们说话,也是一种快乐,但是……在自己的旅馆里读自己角色的台词,可要舒服得多了!

妮娜　(兴奋地)真的。这我能够理解!

索林　当然喽,在城里要舒服得多。自己有自己的办公室,谁也不能乱撞进去,除非叫一个听差先通报;还有电话……还有,街上还跑着散雇车子,还有诸如此类的……

多恩　(低唱着)"把我的表白告诉她,把我的誓言转给她……"

〔沙姆拉耶夫上,波琳娜·安德烈耶夫娜跟着上。

沙姆拉耶夫　大家全在这儿啦。都好呀,我的朋友们。(吻阿尔卡金娜的手,随后又吻妮娜的手)很高兴看见你们健康。(向阿尔卡金娜)我的太太跟我说,你想跟她今天一块儿进城去。真的吗?

阿尔卡金娜　是的。

沙姆拉耶夫　嗯……很好哇。可是你怎么去法呢,亲爱的夫人?今天所有的工人都在忙着搬运黑麦。我能给你什么马呢,请你跟我说说?

阿尔卡金娜　什么马?我怎么知道呢,我?

索林　我们有套车的马呀。

沙姆拉耶夫　(发急起来)套车的马?可我上哪儿去找马轭子呢?我上哪儿去找呢!这真古怪!这真不可理解!亲爱的夫人!请你原谅我吧,我向你的天才致敬,我也准备为你牺牲十年寿命,马,可就是不能给你!

阿尔卡金娜　然而我要是非走不可呢?无论怎么说,这事可算新鲜啦!

沙姆拉耶夫　亲爱的夫人!你不懂运庄稼是怎么个情形啊!

阿尔卡金娜　(很生气)又是那老一套!既然是这样,我今天就回莫斯科。派人到村子里去给我租几匹马来，要不我就走到车站去!

沙姆拉耶夫 （也生起气来）既然是这样，我就辞职!你另找一个管家的去吧!（下）

阿尔卡金娜 每年夏天总是这套故事，没有一年我到这儿不受侮辱!我以后再也不到这儿来了!（向游泳池的方向、左边下，过了一会，看见她走进房子里。特里果林带着钓鱼竿和一个鱼桶，跟在她后边）

索林 （大怒）简直是个无赖!太不成体统啦!我可再也忍不住了。叫他们马上把所有的马都牵来!

妮娜 （向波琳娜·安德烈耶夫娜）伊琳娜·尼古拉耶夫娜，这么伟大的一位女演员，连她这一点小事都拒绝呀!无论她的什么愿望，哪怕是一个任性的主意呢，难道不比你们运庄稼重要得多?这是绝对不可相信的事!

波琳娜·安德烈耶夫娜 （懊丧）可我有什么办法呢，我?我能怎么办呢?请你设身处地替我想想吧。

索林 （向妮娜）咱们去找我妹妹去……咱们都去恳求她放弃她的决定。同意吗?（望着沙姆拉耶夫下去的那一边）这叫人受不了!真正是一个暴君!

妮娜 （不叫他站起来）不要，不要……我们推着你走……

〔妮娜和麦德维坚科推那把轮椅。

这真可怕!……

索林 是呀,是呀,这真可怕……但是不能由他就这样一走了事,我要跟他去说两句。

〔他们下,剩下多恩和波琳娜·安德烈耶夫娜。

多恩 个个都这么招人讨厌啊。说实话,你的丈夫真该被人赶出去,然而情形一定会是另外一种样子:这个老太婆似的彼得·尼古拉耶维奇和他的妹妹,结果准还要向他道歉。你等着看吧!

波琳娜·安德烈耶夫娜 他连套车的马也都送到田地里去了!这个人啊,你天天得跟他闹误会。你真不知道这叫我多么痛苦啊。我要病了,你看我浑身抖得多厉害……他的粗暴叫我头晕。(恳求地)叶甫盖尼,我的亲爱的,我的爱,把我带走吧……日子一天天地过去,我们都不年轻啦。啊,至少在我们没有死以前,不要再躲躲藏藏的,再说着谎话了……

〔停顿。

多恩 我五十五岁了,重新生活一遍可太晚了。

波琳娜·安德烈耶夫娜 我知道你为什么拒绝。除了我以外,你还有别的亲近的女人。你不能把她们都接到你家去呀。我懂得。原谅我这样招你讨厌吧。

〔妮娜出现在房子附近,她采着花朵。

多恩 这是哪儿的话,看你说的。

波琳娜·安德烈耶夫娜 嫉妒心缠得我好痛苦。当然喽,你是医生,你不能避免女人。我懂得……

多恩 （向走近了的妮娜）那边的情形怎么样啊?

妮娜 伊琳娜·尼古拉耶夫娜哭了。彼得·尼古拉耶维奇的气喘病又发作了。

多恩 （站起）我去，给他们缬草酊吃，两个人都得吃吃……

妮娜 （把花递给他）这是给你的。

多恩 多谢。（向着房子走去）

波琳娜·安德烈耶夫娜 （跟在他身旁）多么好看的花呀! （走到房子附近，声音低下去）把这些花给我! 给我! （多恩递给她，她把那些花弄坏，然后丢掉；两个人走进房子）

妮娜 （一个人）看见一个著名的女艺术家哭，特别是为了这么一点小事，可真有点奇怪。可是，一个伟大作家，受读者的崇拜，报纸上每天都谈到他，到处卖他的照片，作品被人翻译成许多种外国文字，这样一个作家，却把整天的时间都消磨在钓鱼上，等到钓上两条鲦鱼来，就高兴得很，这不更奇怪吗? 我原以为名人都是骄傲的、不能接近的；原以为他们是瞧不起一般人的；原以为他们要用他们的声望和他们响亮的名字，来向那些把出身和财产看得高于一切的俗人报复的。可是，我却看见他们在哭，拿鱼竿去钓鱼，打牌，跟别人一样地笑，一样地生气……

特里波列夫 （上，没有戴帽子，提着一支枪和一只打死的海鸥）你一个人在这儿？

妮娜 一个人。

〔特里波列夫把海鸥放在她的脚下。

你这是什么意思？

特里波列夫 我做了这么一件没脸的事，竟打死了这只海鸥。我把它献在你的脚下。

妮娜 你这是怎么啦？（拿起那只海鸥来，仔细看）

特里波列夫 （停顿一下之后）我不久就会照着这个样子打死自己的。

妮娜 我简直认不出你来啦。

特里波列夫 对了，这是从我认不出你的那个时候起的。你对我的态度已经变了，你的眼神是冰冷的，我在你面前使你不自如。

妮娜 你近来性情暴躁了，说的话也都不可理解，尽用些象征。这只海鸥无疑也一定是一个象征了，但是，请你原谅我吧，这我可不懂……（把海鸥放在长凳子上）我太单纯了，不能了解你。

特里波列夫 这是从那天晚上、我那个剧本失败得那么惨的时候起的。那是一件女人们不能原谅的事情。我把什么都烧了，一块小纸片也不剩。你真不知道我有多么不幸啊！你的冷淡是可怕的，不可相信的。这就如同我从昏睡中醒过来，突然发现这片湖水已经干了或者已经渗进地下去了。你刚刚说，你太单纯，不能了解我。哎！这并不太复杂呀！人家不喜欢我的剧本；你瞧不起我的才能，你已经把我看成和别的许多人一样平凡、没有价值的人了……（跺脚）这我太明白了，这我太明白了！我觉得我的脑子里像有一颗钉子似的，这个该死的东西啊！还有，我的虚荣心也在喝着我的血，像个吸血鬼似的在吸干我的血，也叫它下地狱去吧……（看见读着一本书向前走来的特里果林）来的这才是一个真正的天才呢；他像哈姆莱特那样走路，他也拿着一本书。（嘲笑）"是些字，字，字……"[1]这个太阳还没有照到你的身上来呢，可你已经笑了，你的眼睛已经融化在它的光芒里了。我不愿意妨碍你们。（赶快走下）

特里果林 （记着笔记）她闻鼻烟，喝伏特加……永远穿黑衣服……小学教员爱上了她……

妮娜 你好呀，鲍里斯·阿列克塞耶维奇。

特里果林 好呀，妮娜·米哈伊洛夫娜。一种意外的情况使我们似乎非得今天离开这儿不可了。很可能咱们从此就再也不能会面了。我很觉得惋惜。我从前不常有机会遇到年轻的姑娘们，年轻的、可爱的；而且一个人在十八九岁的年纪上是怎样一种感

---

[1] 《哈姆莱特》里的台词。

觉，我也都忘记了，剩下的只是一些模糊的概念了。所以，我的小说里所描写的少女，一般都是不真实的。我真想变成你，哪怕只有一个小时也好，总也可以领会领会你在想什么，你整个是怎样的一个人。

妮娜　可我还真想变成你呢！

特里果林　那为什么？

妮娜　好领会领会成为你这样一个著名的天才作家，是怎么一种感觉呀。成名给人怎样一种感觉呢？成名叫你都感觉到什么呀？

特里果林　感觉到什么吗？什么也不感觉，毫无疑问。这我还从来没有想到过呢。(想了一想) 两者必居其一：不是你把我的名声想得过大了，就是我对它毫无感觉。

妮娜　人家在报纸上谈到你的时候呢？

特里果林　如果是些恭维的话，我就高兴；如果是批评我的呢，我心里就不痛快一两天。

妮娜　这真了不起呀！你可不知道我有多么羡慕你呀！人的命运多么不同啊！有些人的生活是单调的、暗淡的，几乎拖都拖不下去；他们都一样，都是不幸的。又有些人呢，比如像你吧——这是一百万人里才有一个的，——就享受着一个有趣的、光明的、充满了意义的……生活。你真幸福……

特里果林 幸福，我吗？（耸肩）哼……你谈到名望，谈到幸福，谈到光明的、有趣的生活。可是，对于我，所有这些美丽的字句，就像是——请原谅我用这样一个名词吧——果子酱，对我毫无意义。你太年轻，太善良。

妮娜 你的生活真美呀！

特里果林 又有什么特别美的呢？（看看自己的表）我得写东西去了。原谅我吧，我很忙……（笑）你呀，就像俗话所说的，你刚刚踩到我的脚鸡眼上了，所以我就激动起来，甚至有一点生气。虽然如此，我们谈谈也好吧。就谈谈我的生活，这个光明的、有趣的生活吧……那么，从哪儿谈起呢？（思索了一会儿）有的时候，人常被一种念念不忘的心思萦绕着，比如说，就像一个人日夜在梦想着月亮那样；我也有这种念念不忘的心思。一个思想，日夜地在折磨着我：我得写作，我得写作……我得……一篇小说几乎还没有写完，却又必须开始写一篇新的了，接着是第三篇，再接着是第四篇、第五篇……我接连不断地写，就像一个旅客马不停蹄那样。我没有别的办法。请问你，这里边可又有什么美的和光明的呢？啊，这是一种荒谬的生活呀！你看我现在和你闲谈着，我的情感激动着，可是我没有一分钟不惦着我那篇还未完成的小说。我现在看见一片浮云，很像一架三角钢琴。于是我心里就想：应该在我一篇小说的什么地方，描写出一朵像三角钢琴的流云在徘徊。这里不是有金钱草的味道吗？我赶快就在我的记忆里归了类：香得叫人头晕的味道，一种寡妇们欣赏的花，要用在一个夏夜的描写里。咱们两个人所说的每一句话，每一个字，我都尽快地记住，赶快把它们藏在我的文学供应库里，一旦有了机会好去利用。我等工作一完，就急忙跑去看戏，或者去钓鱼，为的是在那上边找到一点点休息和遗忘。可是呀，好！我脑子里已经又觉得有一个沉重的炮弹——一个新题目，在翻滚了。它把我推到桌子跟前，逼着我写，又不停地写起来了。永远是这个样子。我放不开自己来休息休息，我觉得我是在吞蚀自己的生命，是在把自己最美丽的花朵里的花粉一起用尽，在把我的花朵一起采下来，并且践踏着花根，来向我自己都不知道是谁的人，供奉一刹那的花蜜啊。恐怕我是疯了吧？难道我的家庭和我的朋友，他们也真的拿我当一个正常的人吗？"你正在写什么玩意儿啦？你要给我点什么读读呀？"听见的永远、永远是这种话。我觉得仿佛所有这些关切，这些称赞和这种崇拜，都是谎话，都不过是像对付病人似的拿来哄骗我。我有时候真害怕呀，怕他们会偷偷地从我身后走来，一把抓住我，把我像波普里辛[1]一样送进疯人院去。从前，即使是我最好的岁月，我的青春岁月，对于一个初学写作的我，也是真正痛苦已极的日子啊。作为一个渺小的作家，特别是在背时的时候，总觉得自己是笨拙的、愚蠢的、肤浅的；他的神经是紧张的、痛苦的；他没有法子不在文学艺术界的圈子外边徘徊，没有人承认，没有人注意，他真怕见到人。他像一个输得精光的赌客。我从来没有见过自己的读者，在我的想象里，只觉得他们是怀着恶意的，不相信我的。我怕观众，怕得要命；我的每一个新剧本每次上演的时候，我都觉得观众里边，棕头发的在起着反感，黄头发的却冷冷地无动于衷。这有多么可怕呀！我所经受过来的是多大的一种痛苦啊！

妮娜 请允许我说一句吧，难道灵感和创作就不能给你一点崇高的愉快的时刻吗？

特里果林 是的。写作的时候是感到快活的……而且校对自己作品的大样，也是快活的。但是作品刚一出版，我马上就讨厌它了；我觉得它写得失败，觉得它的最大错误，是我完全不应该写它；于是我对自己就起了满腔的愤怒和憎恶……（笑）可是读者呢，他们就发表意见了："写得多好呀，写得多有才气

---

1 果戈理《狂人日记》里的人物。

呀!……写得真好,但是,离托尔斯泰还远得很呢!"
——或者还要说:"这是一个好作品,但是屠格涅夫的《父与子》,比这还要好得多好得多。"而今后呢,一直到给我立墓碑的时候为止,我的作品恐怕永远是写得好,写得有力气,有才气,写得好,不会再多一句了。等到我死后,我的朋友们,经过我墓前,将会说:"这里长眠的是特里果林。他从前是一个好作家,但是比不上屠格涅夫!"

妮娜 请原谅我,我不想了解你了。很简单,是成功把你毁了……

特里果林 什么成功啊?我从来没有对自己满意过。我不爱这个作为作家的我。最坏的是,我生活在一种乌烟瘴气的环境中,我时常不懂自己所写的是什么……我爱像这样的水,这些树,这片天空;我对大自然有感情,它在我内心唤起一种热情,一种不可抗拒的写作欲望。但是我不只是一个风景描写者呀;我还是一个公民,我爱我的国家,爱我的人民;我觉得,作为一个作家,我就有责任谈谈我的人民,谈谈他们的痛苦,谈谈他们的将来,谈谈科学,谈谈人权和其他等等问题。于是,我就谈这一切,加快速度写,四面八方也都鞭策着我,催促着我,甚至生了我的气,我像一只鸭子被一群猎犬追逐着似的,东撞一头西撞一头地往前跑,可是越跑越觉得落在生活和科学的后边，就像一个乡下人追不上火车似的。结果，我觉得我也只能写写风景，要写其余的一切，我就写不真实，就虚假到骨子里了。

妮娜　你工作得过多了；你既没有时间，也没有欲望去认识一下你的价值。你尽管不满意你自己，但是在别人的眼里，你是伟大的、了不起的！如果我是你这样一个作家，我就要把我整个生命献给千百万人，而同时也完全会知道，要叫千百万人提高到和我一样，才是他们的唯一的幸福；那么，他们就会推动我奔向胜利了。

特里果林　啊！胜利！可我不是阿伽门农[1]吧，嗯？

　　〔他们都笑了。

妮娜　为了得到作为一个作家或者作为一个演员的幸福，我情愿忍受我至亲骨肉的怀恨，情愿忍受贫穷和幻想的毁灭，我情愿住在一间阁楼上，用黑面包充饥；自知自己不成熟的痛苦，对自己不满意的痛苦，我都情愿忍受，但是同时呢，我却要求光荣……真正的、声名赫赫的……光荣……（双手蒙起脸来）我的头发晕……哎哟！……

　　〔房子里，阿尔卡金娜的声音："鲍里斯·阿列克

1　希腊神话中的迈锡尼王，率领群神，攻打特洛伊，胜利以后，被其妻所谋杀。

塞耶维奇!"

特里果林 叫我了……打点箱子，一定是。但是我可真不想走啊。(望着湖水)这里可多美啊!……真正是乐园的一角啊!

妮娜 你看见对岸那座房子和那个花园了吗?

特里果林 看见了。

妮娜 那是我死去的母亲的产业。我是生在那儿的。我在这片湖水边上一直长到这么大，这片湖水里的最小的小岛，我都清楚。

特里果林 住在这里可多美啊!(看见那只海鸥)这是什么?

妮娜 一只海鸥。这是康斯坦丁·加夫里洛维奇把它打死的。

特里果林 这是一只美丽的鸟!毫无疑问，这一切都不让我走。那么，就尽力去劝说伊琳娜·尼古拉耶夫娜，叫她留下来吧。(记笔记)

妮娜 你在写什么?

特里果林 没有什么重要的……忽然来到的一个念头……(把他的笔记本藏起来)为一篇短篇小说用的故事:一片湖边，从幼小就住着一个很像你的小女孩了;她像海鸥那样爱这一片湖水，也像海鸥那样的幸福和自由。但是，偶然来了一个人，看见了她，因为没有事情可做，就把她，像这只海鸥一样，给毁灭了。

　　　　［停顿。

　　　　［阿尔卡金娜出现在窗口。

阿尔卡金娜　鲍里斯·阿列克塞耶维奇,你到哪儿去啦?

特里果林　我来了!(一直回顾着妮娜走去;走到窗口,向阿尔卡金娜)什么事?

阿尔卡金娜　我们不走啦。

　　　　［特里果林走进房子。

妮娜　(走近脚光,沉思了一阵)我像在做梦啊!

　　　　　　　　　　　　——幕落

第 三 幕

索林住宅里的餐室。左右有门。一座碗橱。一座药橱。中间一张桌子。一只手提箱和几个帽盒;其余准备动身的东西。特里果林在吃中饭。玛莎站在桌子旁边。

玛莎　我把这些都告诉你,因为你是一个作家。你去利用它好了。我完全坦白地跟你说:如果他伤得很重,那我是一分钟也活不下去的。不过我是个有勇气的女人。我已经下了决心:我要把这个爱情从我的心上摘下来,我要连根把它拔掉。

特里果林　怎么拔法呢?

玛莎　我结婚。嫁给麦德维坚科。

特里果林　那个小学教员?

玛莎　对了。

特里果林　我看不出有这个必要。

玛莎　没有希望的爱下去啊……整年累月地等待着,等待着自己都不知道等的是什么啊……不……只要一结婚，我就不会再想到爱情了，有了种种必须操心的事情，就会把过去给忘记掉的。而且，你知道，这究竟是一种转变。咱们不再来一杯吗？

特里果林 够了吧，我想。

玛莎 咳，来吧！（斟满两小杯伏特加）不要这样看我。女人们也时常喝酒，不像你所想象的。当然——这种女人占少数，——有些女人，像我似的，毫无顾忌地喝。有些呢，大多数都是偷偷地喝。是的。而且永远喝伏特加或者白兰地。（他们碰杯）祝你健康！你是一个诚实的人，我惋惜的是你要离开我们了。

　　〔他们喝酒。

特里果林 我自己也不想走。

玛莎 如果你要求她留下呢？

特里果林 不行，现在可再也没有一点办法了。她儿子的那种行为，简直是胡闹。他最初想自杀；现在呢，据说又想和我决斗了。可为什么呢？他赌气，他藐视人，他宣扬新形式……好哇，无论是年轻的或者年老的，谁都可以有他自己的天地呀，为什么要这样彼此攻击呢？

玛莎 还有，就是他那个嫉妒心……不过，这不关我的事。

　　〔停顿。雅科夫提着一个手提箱，由左到右，横穿过屋子。妮娜上。在窗口站住。

我那个小学教员不很聪明,但是善良、贫穷;他很爱我。我可怜他。我也可怜他的老母亲。好啦,我祝你事事顺利吧。我就要离开你啦。不要记恨我吧!(热情地握他的手)我很感谢你待我这样好。把你新写的书送给我,特别不要忘记签上名。只是不要写:"赠给我最尊敬的",只简单地这样写:"送给孤苦伶仃的[1]、不太知道为什么生在这世上的、二十二岁的玛丽雅。"再见了!(下)

妮娜 (握着拳头,伸向特里果林)是双是单?

特里果林 双。

妮娜 (叹一口气)不对。我手里只有一颗豆子。我很想知道我会不会成为演员。要是有个人给我出个主意,可多好呀。

特里果林 这种事情,是谁都不能给出主意的。

〔停顿。

妮娜 我们今天就要分别了……毫无问题,我们再也不会见面了。我请你收下这个纪念章,作为临别纪念吧。我叫人把你姓名的第一个字母,刻在卜边了…… 反面刻上了你那本书的题目:《日日与夜夜》。

---

1 原文是"不记得自己家族关系的",采用警察调查书里的一个公文程式。

特里果林　这太可贵啦！（吻那个纪念章）多么好的礼物啊！

妮娜　有时候也请想一想我。

特里果林　我会记住你的。我会想起你那一天的样子，晴朗的那一天——你还记得吗？——一个星期以前，你穿着一件颜色鲜明的衣裳……我们闲谈着……那只全身洁白的海鸥放在长凳上。

妮娜　（若有所思）是的，那只海鸥……

　　　［停顿。

我们不能再谈下去了，有人来了……我求你，答应在你临走以前，给我两分钟的时间……

　　　［由左方下；同时，阿尔卡金娜和索林——穿着燕尾服，胸前挂着一个勋章，由右方上。雅科夫跟在后边上，整个忙着动身的准备。

阿尔卡金娜　留在家里。你生着风湿病，还跑出去会朋友，那可真叫好。（向特里果林）刚刚走开的是谁？妮娜吗？

特里果林　是的。

阿尔卡金娜　Pardon[1]！打扰了你们……（坐下）我想我没有忘下什么吧。我可累坏啦。

特里果林　（读着纪念章上的字）《日日与夜夜》，一百二

---

[1] 法语，对不住。

十一面,第十一和第十二行。

雅科夫 (收拾桌上的东西)你的钓鱼竿也捆起来吗?

特里果林 要,我还要用呢。那些书,你愿意送给谁就送给谁吧。

雅科夫 好。

特里果林 (一旁)一百二十一面,第十一和第十二行。这两行上写的什么呢?(向阿尔卡金娜)这儿有我的什么作品吗?

阿尔卡金娜 有,在我哥哥的书房里,墙角上那个柜子里。

特里果林 一百二十一面……(下)

阿尔卡金娜 真的,彼得鲁沙,你顶好留在家里……

索林 你走了以后,我没有你可真会觉得寂寞啊。

阿尔卡金娜 你以为到城里就会好得多吗?

索林 我没有这么说,不过究竟是……(笑)那儿有自治会议举行的奠基礼等等这一类事情……我真想从这种无聊的生活里挣脱出去呀,哪怕只是一两个钟头呢,我觉得自己像一个旧烟嘴儿似的,已经满是污垢了。我已经吩咐他们在一点钟把马套好,咱们一块儿走。

阿尔卡金娜 (停了一会儿)听我说,尽量在这儿住下去,不要太心烦,也不要着了凉。注意着点我的儿子,照顾着点他。领他走正路。

[停顿。

我这就走了,可还不知道康斯坦丁为什么要自杀呢。我觉得嫉妒是主要的动机。所以我越早一点把特里果林带走就越好。

索林 这怎么跟你说呢?……还有别的原因。这是很容易理解的:他年轻、聪明,可是在乡下,住在一个荒僻的角落里,没有钱,没有地位,也没有前途。他没有事情做,这种闲散使他又羞愧又害怕。我很爱他,他对我也很贴心。但是,他究竟总还觉得住在这里是多余的,有点像个寄生虫,像一个食客。这是很容易理解的:是 amour-propre[1] 啊……

阿尔卡金娜 他叫我担着很大的一个心思啊!(沉思了半晌)要是叫他到衙门里去弄个差事呢,比如说?

索林 (吹口哨;随后,迟疑)最好呢,恐怕显然是你得……给他一点钱。第一,他先得穿得像个人样儿。瞧瞧,他那件上衣,已经整整拖了三年了,他连件外衣都没有……(笑)此外呢,叫他稍微开开心,也并没有什么坏处……比如说,到外国去去呀什么的……那也费不了多少钱。

阿尔卡金娜 话虽这么说呀……那身衣服呢,我还可以慢慢想想办法。至于到外国去呀……况且,目前我

---

[1] 法语,自尊心。

一点办法都没有，甚至给他买一身衣服的办法都没有。（坚决地）我没有钱。

　　［索林笑。

我一个钱也没有。

索林　（吹着口哨）好啦……原谅我吧，我的孩子，你别生气。我知道你说的是实话……你是一个又大方又高尚的女人。

阿尔卡金娜　（流着眼泪）钱我一个也没有！

索林　如果我有的话呢，我呀，我早就给他了，这不是很自然的事吗？可惜我一个也没有，分文没有啊。（笑）我的管家把我的养老金都拿去花在庄稼、牲口、蜜蜂上啦。我的钱整个儿就白白地飞光了：蜜蜂死了，乳牛死了，那些马呢，他们又一辈子也不给我用……

阿尔卡金娜　我有一点钱，倒也是真的，不过我是个艺术家呀，衣裳打扮就得叫我倾家荡产啊。

索林　你善良，你可爱……我尊敬你……是的。可是我这又怎么啦？……（摇晃不定）我的头直转。（扶住了桌子）我觉得发晕。

阿尔卡金娜　（惊慌）彼得鲁沙！（试着去搀扶他）彼得鲁沙，我的亲爱的……（喊叫）救人哪，救人哪！……

　　［特里波列夫，头上缠着绷带，和麦德维坚科上。

他觉得头晕！

索林　没什么，没什么！（笑，喝一点水）过去了，没什么……得啦……

特里波列夫　（向他母亲）不要怕，妈妈，这不严重。他近来常犯这种毛病。（向索林）舅舅，你应当去躺会儿。

索林　是的，我要躺一会儿……可是我照样还要进城……我先去躺一会儿，然后就走……这是极其自然的……（拄着他的手杖走）

麦德维坚科　（把胳膊伸给他扶着，送他）你知道那个谜语吗？早晨四条腿，中午两条腿，晚上三条腿[1]……

索林　（笑着）一点不错。到了夜间呢，两腿朝天躺下了。谢谢你吧，我自个儿可以走……

麦德维坚科　咳，你看，何必客气呢！

　　〔索林和麦德维坚科下。

阿尔卡金娜　他真把我吓坏了！

特里波列夫　住在乡下，对他的身体没有什么好处。他太寂寞了。妈妈，如果你能突然慷慨一下，借给他一两千卢布，就够他在城里住一年的了。

阿尔卡金娜　我没有钱。我是一个艺术家，我不是一个银行家。

---

[1] 希腊神话：狮身女头两翼的怪物斯芬克司所提出的谜语，被俄狄浦斯所解答。

[停顿。

特里波列夫　妈妈，请你把我的绷带换换好吗？你是个熟手呀。

阿尔卡金娜　（从药橱里拿出一瓶碘酒和一小盒绷带）医生到晚了。

特里波列夫　已经中午了，可是他答应十点钟到的。

阿尔卡金娜　你坐下。（把他的绷带解下）人家还以为你戴着头巾呢。昨天，厨房里有一个刚到这儿来的生人，还问你是哪儿来的呢。哟，这儿差不多完全结好疤了。剩下没有多大一点点啦。（吻他的头发）我走了以后，你可答应我再不耍这个砰砰响的[1]了吧？

特里波列夫　不啦，妈妈。那是因为我一时感到极端绝望，管不住自己了。我再不这么做了。（吻她的手）你这是一双仙女的手啊。我还记得，很久很久以前，你还在市剧院演戏呢——我那时候很小很小，——有那么一天，院子里有人打架，把住户里边一个女人，一个洗衣服的，打得头破血流……你还想得起来吗？把她抬起来的时候，她已经没有知觉了……你常去看她，给她送药，还用一个小木桶给她的孩子们洗澡。你真的再也想不起来了吗？

阿尔卡金娜　记不得了。（给他换新绷带）

1　指开手枪自杀。

特里波列夫　我们那所房子里，还住着两个女芭蕾舞演员……她们老是来找你喝咖啡……

阿尔卡金娜　那我倒记得。

特里波列夫　她们很信神。

　　[停顿。

　　近来，应该说是最近这几天，我又像儿童时代那么亲切地、一心一意地爱你了。我现在除了你就没有别的亲人了。只是，为什么，为什么你由着那个人左右呢？

阿尔卡金娜　你不了解他，康斯坦丁。他是一个品格高尚的人物……

特里波列夫　是呀，然而当他听说我有意和他决斗的时候，他的高尚品格却没有拦住他的畏怯逃避。他要走了。可耻的脱逃！

阿尔卡金娜　你胡说！这是我请他离开的。

特里波列夫　好一个品格高尚的人！你看，我们这儿为了他差不多要吵起来了，可是他呢，他这时候正在客厅里或者花园里嘲笑我们呢……正在启发妮娜呢，正在拼命说服她，叫她相信他是一个天才呢。

阿尔卡金娜　你好像是存心要对我说些冒犯我的话来寻开心似的。我尊敬这个人，所以我请你不要在我面前说他一个字的坏话。

特里波列夫　我可不尊敬他。你想叫我也拿他当一个有天才的人，可是，原谅我吧，我不会说假话，他的作品使我厌恶。

阿尔卡金娜　嫉妒啊！没有才气而又自负的人，没有别的本事，只好指责真正有才气的人啦。那是他们唯一的自慰啦，真是的！

特里波列夫　（讽刺地）真正有才气的人！（激怒）如果这样说的话，那么，我的才气，比你们加在一起都还多！（把绷带扯下）你们，加在一起，你们这些死守着腐朽的成规的人，你们在艺术上垄断了头等地位，你们认为无论什么，凡不是你们自己所做出来的都不合法，都不真实，你们压制、践踏其余的一切！我不承认你们！我不承认你，也不承认他。

阿尔卡金娜　你简直是颓废派！……

特里波列夫　那你就回到你那个可爱的舞台上，在那儿去演你那些可怜的、没价值的戏去吧！

阿尔卡金娜　我从来就没有演过那种戏。不要打扰我！你连一出可怜的通俗戏都还没有能力写呢。基辅的乡下人！寄生虫！

特里波列夫　一钱如命的吝啬鬼！

阿尔卡金娜　穿破衣烂衫的！

　　　　［特里波列夫坐下，不出声地哭。

一无所长的！（激动，在屋子里跨着大步子走）你别哭……不要哭……（自己也哭了）不要……（吻他的上额、两颊和头发）我的亲爱的，我的宝贝孩子，原谅我吧……原谅你这个坏母亲吧。你知道，我是很不幸的。

特里波列夫 （抱住她）你可真不知道啊！我什么全丢了。她不爱我了，我再也写不出什么来了……再也没有一点希望了……

阿尔卡金娜 不要灰心……一切都会顺当起来的。他就要走了；她会重新爱你的。（擦他的眼泪）得啦，够啦。跟妈妈讲和吧。

特里波列夫 （吻她的两手）是，妈妈。

阿尔卡金娜 （温柔地）也跟他讲和吧。用不着跟他决斗……不是吗？

特里波列夫 好……只是，答应我，再也不要叫我看见他，妈妈。看见他我就痛苦……我就忍受不住……

〔特里果林上。

他来啦……我得躲开。（把药品匆匆放在药橱里）绷带待会儿让大夫给我缠吧……

特里果林 （翻着一本书寻找）一百二十一面……第十一和第十二行……这儿啦……（读）"一旦你需要我的生命的话，来……就拿去吧。"

〔特里波列夫从地上拾起他的绷带，下。

阿尔卡金娜 （看了自己的表一眼）一会儿马就套好啦。

特里果林 （一旁）一旦你需要我的生命的话，来，就拿去吧。

阿尔卡金娜 我想，你的手提箱已经打点好了吧？

特里果林 （不耐烦）是的，是的……（梦想着）这么纯洁的一个灵魂的召唤，我怎么感到里边有一种悲哀的声音啊？我的心为什么沉重得这样痛苦呀？……一旦你需要我的生命的话，来，就拿去吧。（向阿尔卡金娜）咱们多留一天吧！

　　［阿尔卡金娜摇摇头。

咱们留下！

阿尔卡金娜 我的亲爱的，我知道是谁使你舍不得走开。尽力收回自己的心来吧！你有一点迷醉了，清醒清醒吧。

特里果林 你自己也该清醒清醒了，我希望你做个聪明的、明白事理的人，请你以一个真正朋友的态度，来对待这件事情……（握她的手）你是善于牺牲自己的……作为我的朋友，还我的自由吧……

阿尔卡金娜 （激怒）你居然热恋到这种程度了吗？

特里果林 我觉得有一种力量在把我吸引到她那里去！也许这恰恰就是我所真正需要的……

阿尔卡金娜 需要一个乡下小丫头的爱吗？你可多么不认识你自己呀！

特里果林 我就跟那种走着路睡觉的人一样。就连我跟你说话的时候，都觉得自己是在睡觉，是在梦里看见了她……温柔而甜美的梦在支配着我……还我的自由吧……

阿尔卡金娜 （浑身颤抖）不行，不行……我是一个女人，也和任何普通女人一样，你不要跟我这样说话……鲍里斯,不要再折磨我了……这太可怕啦……

特里果林 只要你肯试试，你就能成为一个不普通的女人。只有甜美的、诗意的、青年的爱，那个把人领进梦的世界的爱，才能给人那样的幸福啊！这样的爱，我从来还没有尝受过呢……我年轻的时候，没有时间，我得在一个个编辑部的门外去彷徨等待，我得为我的生活去四下里奔波……到现在，终于来了这样的爱，在吸引着我……我要是跑开了岂不糊涂吗？

阿尔卡金娜 （大怒）你疯了！

特里果林 就算疯了吧。

阿尔卡金娜 今天你们都是串通好了一起来折磨我的呀！（泪如雨下）

特里果林 （两手抱着头）她不了解啊！她也不肯了解啊！

阿尔卡金娜 难道我就这么老这么丑，居然叫男人们跟我毫不顾忌地讲别的女人吗？（紧抱住他,吻他）啊！你疯啦！我的亲爱的，我的了不起的……你是我生命的最后一页！（跪下）我的愉快，我的骄傲，我的幸福……（紧抱住他的膝盖）如果你抛弃了我，哪怕只是一小时，我也活不下去，我就会疯的啊，我的超人，我的神明，我的主人和主宰呀。

特里果林 会有人进来的。（扶她起来）

阿尔卡金娜 管它去呢，我爱你，我并不觉得这是羞耻。（吻他的两手）我的宝贝，你可真是疯啦，你想做糊涂事，但是我不能让你做，我要阻止你……（笑）你是我的……整个是我的！……这个上额是我的，这对眼睛，还有这满头像丝一般柔软的黄发，都是我的……你整个是属于我的！什么样的才气啊，什么样的聪明啊，你是今天所有作家里边最优秀的一个，是俄罗斯的唯一的希望……你写得那么真诚，那么朴素，那么清新，幽默得恰到好处……你一笔就勾出一个人物或者一片风景的精华和性格来；你所写的人物，个个像活的一样。读你的作品，怎能不被热情所激动啊？你也许以为我这是在奉承你、谄媚你吧？那，你就直对着我看看……看看我……我的神色是一个说谎人的样子吗？你明白，只有我才真正知道你的价值，只有我；跟你说实话的，也只有我，我的亲爱的，我的宝贝……你肯走了吗？确确实实？你不抛弃我啦？……

特里果林 我没有自己的意志……我从来也没有过自己的意志……懒散、柔弱、永远顺从，我真的生来就是叫女人们讨厌的啊！那么，领着我走吧，带着我走吧，只是，千万不要叫我离开你一步……

阿尔卡金娜 （一旁）现在我可算把他抓住了。（从容不迫地，仿佛没有刚才那回事似的）这个，如果你喜欢，你可以留下来。我今天先走，一个星期以后，你再找我去。说起来，你何必要这么匆匆忙忙的呢？

特里果林 不，咱们一起走的好。

阿尔卡金娜 随你吧。那咱们就一起走吧。

〔停顿。

〔特里果林记笔记。

你那是做什么？

特里果林 今天早晨我听见一个我很喜欢的词句："处女丛林"……将来也许有用处。（伸伸懒腰）那么，咱们就走啦？又得是车厢、车站、餐车、猪排、谈话的啦……

沙姆拉耶夫 （上）我有幸痛苦地向你报告，马都套好啦。亲爱的夫人，该是动身到车站去的时候了；火车两点零五分进站。我说，伊琳娜·尼古拉耶夫娜，请赏脸给问一问，那个叫苏兹达尔采夫的演员，如果他还活着，如今在哪儿啦，他好吗？我们当年可是在一块儿喝过一阵子的……他在《被窃的邮局》

那出戏里，演得真是谁也及不上……我还记得那个悲剧演员伊兹玛伊洛夫，他们俩一块儿在伊丽莎白格勒演戏……那也是一个了不起的人物……你用不着忙，亲爱的夫人，还可以待五分钟。有一回，在一出传奇剧[1]里，他们扮演谋反的人，等到被人围捕的时候，台词本来是"我们中了奸计了"，可是伊兹玛伊洛夫喊成了："我们中了奸鸡了！"（笑）一个奸鸡，嘿！……

〔在他说话的时候，雅科夫忙着搬运手提箱，女仆给阿尔卡金娜拿来帽子、斗篷、阳伞、手套；大家都帮着她穿戴。厨子把左门开了一道缝，探进头来，待了一会儿，犹犹豫豫地走进来。
〔波琳娜·安德烈耶夫娜上，后边跟着索林和麦德维坚科。

波琳娜·安德烈耶夫娜 （胳膊上挎着一个小篮子）这是些给你路上吃的李子……好吃得很。你也许会喜欢吃的……

阿尔卡金娜 你太好啦，波琳娜·安德烈耶夫娜。

波琳娜·安德烈耶夫娜 再见啦，我的亲爱的！我无论有什么叫你不满意的地方，都原谅我吧！（哭）

---

1 Мелодрама：我国有人译为"悲欢离合剧"，有人译为闹剧。实际上很像我国的传奇剧，从前列为低级的悲剧。

阿尔卡金娜　（拥抱波琳娜·安德烈耶夫娜）什么都是很好的。只是，你可不该哭。

波琳娜·安德烈耶夫娜　日子过得可真快呀！

阿尔卡金娜　有什么办法呢？

索林　（穿着短斗篷，戴好了帽子，手里拿着一根手杖，由左门上，横穿过屋子）怎么啦，伊琳娜，该动身了，再不走咱们可要误车啦，说真的。我先坐上去了。（下）

麦德维坚科　我，我走着到车站……去送他们吧。我很快就到的……（下）

阿尔卡金娜　再见了，朋友们……如果我们都还平平安安的，那就夏天再见吧……

　　〔女仆，雅科夫和厨子，都吻她的手。

想着点我。（递给厨子一个卢布）这儿给你们三人一个卢布。

厨子　我们非常感谢，夫人。一路平安！你一向待我们很好！

雅科夫　老天爷保佑你！

沙姆拉耶夫　写几个字来会叫我们高兴的！（向特里果林）再见了，鲍里斯·阿列克塞耶维奇！

阿尔卡金娜　康斯坦丁呢？告诉他，说我走了。我们应当说声再见的啊。好啦，我有什么不是，也不要记恨我吧。（向雅科夫）我给了厨子一个卢布。是给你们三个人分的。

> [全体由右方下,场上是空的。后台,乱哄哄的声音,时常夹杂着道别的话。女仆回来取那个放在桌上的篮子,又下。

特里果林 (又上场)我把手杖忘下了。一定是在凉台上啦。(正往外走,撞上走进来的妮娜)哈,是你呀?我们走啦。

妮娜 我早就觉得我们准会再见一面的。(过分兴奋地)鲍里斯·阿列克塞耶维奇,我已经打定主意了,局势已经定了,我要去演戏。明天我就不在这儿了,我要离开家,放弃一切,开始新的生活……我到……你去的那个地方……莫斯科去。我们在那儿会见得着的。

特里果林 (往四周望望)你就住在"斯拉维扬斯基商场[1]"……一到就马上通知我……莫尔昌诺夫卡街,格罗霍尔斯基大楼……我得快走……

> [停顿。

妮娜 再待一会儿吧……

特里果林 (低声)你真美呀!一想到我们不久后又能见面,多么幸福啊。

> [她倚在他的怀里。

---

1 莫斯科一家极著名的旅馆。

我又可以看见这一对美丽的眼睛,这种无限柔情的、迷人的微笑……这个如此甜蜜的容貌,这天使般纯洁的形象了!……亲爱的!……(长长的吻)

——幕落

第四幕

第三幕和第四幕之间,相隔两年。

索林家里的客厅之一,被康斯坦丁·特里波列夫改成书房。左右各有门通到邻室。正面,玻璃门,通凉台。除了客厅的普通家具外,右墙角,一张书桌;左门旁,一张美人榻,一个书架,窗台上和椅子上都是书。——晚上。只点着一盏带罩子的油灯。半明半暗。风在树枝间和烟囱里呼啸。巡夜的更夫敲着梆子。麦德维坚科和玛莎上。

玛莎 (呼唤着)康斯坦丁·加夫里利奇[1]!康斯坦丁·加夫里利奇!(往四下里看)没有人。老头子时时刻刻都在找科斯佳……没有他,他就过不了……

麦德维坚科 他怕寂寞。(倾听)多么可怕的天气!连着差不多有两天了。

玛莎 （把油灯往上捻了捻）湖里整个起了大浪头了。

麦德维坚科　花园里多么黑呀。应该叫人把那个戏台拆掉。立在那儿，有皮无肉的，看着叫人害怕，真像个死人的骨头架子；大幕也叫风吹得哗啦啦响。昨天晚上我打它旁边经过，仿佛听见那儿有人在哭。

玛莎　得啦……

　　　〔停顿。

麦德维坚科　玛莎，咱们回家吧。

玛莎　（摇头）今天晚上我不回去啦。

麦德维坚科　（恳求地）玛莎，看看你！咱们的孩子一定饿了。

玛莎　没关系。玛特廖娜会喂他的。

　　　〔停顿。

麦德维坚科　可怜的小东西。一连三夜没有看见母亲啦。

玛莎　你真叫讨厌哪！从前呢，你没事至少还发发议论。可是现在呀，你只知道讲——孩子，家，孩子，家。你满嘴全是这个。

麦德维坚科　玛莎，咱们走吧！

玛莎　你自己回去吧。

麦德维坚科　你父亲不会给我马的。

1　即加夫里洛维奇。

玛莎　会给。去找他去，他会给的。

麦德维坚科　是呀，为什么不找找他去呢？那么你明天回家吧？

玛莎　（闻鼻烟）好，明天……你真讨厌……

　　［特里波列夫和波琳娜·安德烈耶夫娜上；特里波列夫抱着一对枕头和一条毯子；波琳娜抱着些床单。他们把东西都放在美人榻上。特里波列夫随后走过去，坐在自己的书桌那里。

　　这是做什么的，妈妈？

波琳娜·安德烈耶夫娜　彼得·尼古拉耶维奇要我们在科斯佳的书房里给他铺张床。

玛莎　让我来铺……（铺床）

波琳娜·安德烈耶夫娜　（叹息）老头子真像个小孩子……（走到科斯佳那里，哈腰趴在桌上，看他的稿子）

　　［停顿。

麦德维坚科　那么，我就走啦。再见了，玛莎。（吻她的手）再见，妈妈。（想吻他岳母的手）

波琳娜·安德烈耶夫娜　（不高兴地）得啦，走吧，这就行啦！

麦德维坚科　再见，康斯坦丁·加夫里利奇。

　　［特里波列夫一声不响地把手伸给他。麦德维坚科下。

波琳娜·安德烈耶夫娜 （仔细看着稿子）谁想得到哇，科斯佳，你居然成了一个真正的作家啦！你看，这不是，打现在起，谢天谢地，杂志都给你寄稿费来啦。（用手抚摸特里波列夫的头发）你也长漂亮啦……我的小科斯佳，我的亲爱的，你得对玛申卡稍微好一点儿啊！……

玛莎 （铺着床）就别打扰他啦，妈妈。

波琳娜·安德烈耶夫娜 （向特里波列夫）你看她多好哇！

〔停顿。

女人们都不难对付呀，科斯佳，她们只要你温柔地看她们一眼就够了。这个我可有过体会。

〔特里波列夫站起来，一句话没有说，下。

玛莎 看你把他招恼了不是。何苦要胡搅他呢？

波琳娜·安德烈耶夫娜 我是看着你难受哇，玛莎。

玛莎 有什么用，真是的！

波琳娜·安德烈耶夫娜 你叫我的心都疼啦。你以为我什么都没看见，什么都不明白吗？

玛莎 都是糊涂话！没有希望的爱情，那是写小说的材料。那是废话。要紧的是，不要痴情等待，等得衰老憔悴了……从爱情一钻进你心里的时候起，就应该把它赶出去。他们已经答应把我丈夫调到另外一区去了。只要一离开这里，我就会什么都忘了……

我就会把它从我的心里摘掉了，这个爱情。

　　［相隔两间屋子的地方，传来忧郁的圆舞曲声。

波琳娜·安德烈耶夫娜　　这是科斯佳弹的。可见他心里多么难受啊。

玛莎　（默默地舞了两三转）主要的是，妈妈，是不要看见他。只要一给他，谢苗，调换了地方，相信我吧，我一个月就会都忘了的。这都算不了什么。

　　［左门开了。多恩和麦德维坚科推着车椅进来，索林坐在上边。

麦德维坚科　　我家里现在有六口了。可是面粉要卖七十个戈比一普特。

多恩　　那你就想办法应付呀！

麦德维坚科　　你尽可以说说笑话！可是钱呢，你是有那么多的，而且用不完。

多恩　　钱？三十年的行医，我亲爱的朋友，三十年操心的行业，一直是日夜身不由己，我不过积蓄了两千卢布，可是最近也都花在外国了。我一个也没有了。

玛莎　（向她丈夫）你怎么还没有回去？

麦德维坚科　（好像被人抓住错处似的）有什么办法呢？不给我马可怎么办呢？

玛莎　（非常苦恼地，低声）我看见你就痛苦啊。

　　［车椅停在屋子的左边；波琳娜·安德烈耶夫娜，玛莎和多恩都坐在车椅旁边；麦德维坚科，带

着愁苦的神色，远远地躲开。

多恩　这里的变化多大呀！客厅改成书房了！

玛莎　康斯坦丁·加夫里利奇在这里工作更合适些。他愿意的时候，可以到花园里去思索思索。

　　　［更夫的打更声。

索林　我的妹妹呢？

多恩　到火车站迎接特里果林去了。马上就回来。

索林　你们既然断定需要把我妹妹找回来，那一定是我病得很严重了。（稍稍停顿）可这奇怪。我既然病成这个样子，可又什么药也不给我吃！

多恩　那么，你想吃什么药呢？来点缬草酊？来点苏打？还是来点奎宁？

索林　看！哲学又来了。啊！多么苦恼哇！（用头点点美人榻）这是给我铺的床吗？

波琳娜·安德烈耶夫娜　是的，是给你铺的，彼得·尼古拉耶维奇。

索林　谢谢你们。

多恩　（低唱）"明月飘荡在子夜的浮云中……"

索林　你们知道，我要供给科斯佳一个小说题材。这篇小说应该叫作 L'homme, qui a voulu[1]。我年轻的时候，想当作家，结果没有当成；我想把话说得流利，

---

1 法语，空想一场的人。

可是说得很糟（学着自己的话）："诸如此类，如此而已，嗯这个，嗯那个……"有时候，想作结论，可是越往下说越乱，直弄得满头大汗；我想结婚，结果也没有结成；我想永远住在城里，可是，你们看见啦，我只有在乡下了此一生了，就这么回事。

多恩　你也想过当实职政府顾问，可是你当成了！

索林　（笑着）那我可从来没有想干过。那是它自己来的。

多恩　一个人到了六十多岁还表示对生活不满足，实在是丝毫不合情理，这你得承认。

索林　多么固执的人哪！我要活下去，你不明白吗？

多恩　这叫轻佻。按照大自然的法则，每一个生命都得有到头的一天。

索林　你这是一个饱汉的议论。是啊，你什么都够了，所以你才这样无所谓；你认为什么都没有关系。可是，提到死，你也会跟别人一样害怕。

多恩　单纯怕死是一种兽性的恐惧……应该把它克制下去。只有那些相信永生的人，才会怕死；他们怕死，是因为自觉有罪。可是你呢？第一，你不信神，其次呢，你又能造过多少罪孽呀？二十五年，你在法院里一直干了二十五年，还有什么呀？

索林　（笑着）是二十八年……

　　[特里波列夫上。他坐在索林脚下的小板凳上。

玛莎的眼睛一直盯着他。

多恩 我们搅得康斯坦丁·加夫里利奇不能工作了。

特里波列夫 没有,没关系。

[停顿。

麦德维坚科 大夫,请允许我问问你,你最喜欢外国的哪一个城市?

多恩 热那亚。

特里波列夫 热那亚?为什么呢?

多恩 我最爱的,是那儿街上的人群。到晚上,你出了旅馆,走到挤满了人的街上,你不要定什么目的,只夹在人群当中,挤来挤去,顺着曲曲弯弯的路线,漫游下去,你活在它的生活当中,你叫你的精神上和它紧紧地连在一起,于是,你就会相信,一种宇宙灵魂的存在确实是可能有的,就和那年妮娜·扎烈奇娜雅在你的剧本里所表演的一样。说真的,她目前在哪儿啦,扎烈奇娜雅?她近来怎么样了?

特里波列夫 她一定很好吧。

多恩 听说她过的是一种相当特殊的生活。究竟是怎么回事呢?

特里波列夫 说来话长了,大夫。

多恩 那么,简短地说点吧。

[停顿。

特里波列夫 她从家里逃出去,就和特里果林混在一起了。这你知道吧？

多恩　知道。

特里波列夫　她生了一个孩子。孩子死了。正如所能预料的，特里果林厌倦了她，又去重温那些旧情去了。其实呢，那些旧情，他从来也没有断绝过；像他这样没有骨气的人，他是安排好了要到处兼顾的。就我从传闻里所能理解的，妮娜的私生活是很不幸的。

多恩　舞台生活呢？

特里波列夫　那就更坏，我想。她初次登台，是在莫斯科近郊的一个露天剧场，后来，她到内地去了。那时候，我一刻也忘不了她，有一阵，我到处跟着她跑。她总是演主角，可是她演得很粗糙，没有味道，尽在狂吼，尽做些粗率的姿势。有时，哭喊一声，或者死过去，倒也表现出一点才气来，然而这却少见得很。

多恩　这么说，她究竟还是有点才气喽？

特里波列夫　很难断定。当然，总该有的吧。我去看过她，可是她不肯接见我，她的女仆不让我进她屋子。我了解她的心情，我也没有坚持。

　　［停顿。

我还有什么可告诉你们的呢？后来，我回到家里，接到过她的几封信，几封写得很聪明的信，句句话都是诚恳的、有趣味的。她并没有抱怨，然而却能感觉到她是无限地不幸。每一行都叫我发现她的神经是紧张的、受了伤害的。她的想象力也有一点混乱。她自己签名为"海鸥"。在《美人鱼》[1]里,那个磨面粉的人说他自己是一只乌鸦;她呢,在所有信件里,屡次都跟我说自己是一只海鸥。现在她就在这里。

多恩 什么,在这里?

特里波列夫 在城里,住在一家小旅店。她在那儿住了有五天了。我去过,玛丽雅·伊利尼奇娜也去过,可是她谁也不见。谢苗·谢苗诺维奇肯定说昨天午饭后,看见她在离这里两里的田野上。

麦德维坚科 是的,我看见她了。她从这边往城里走。我向她鞠躬,问她为什么不来看看我们。她说她要来的。

特里波列夫 她不会来的。

〔停顿。

她的父亲和后母不承认她。他们到处都派上了更夫,连房子都不叫她走近。(和医生向书桌走去)大夫,在纸上高谈哲学够多么容易,但是一遇到实际问题,可又多么难啊!

索林 当初她多可爱呀。

---

[1]《美人鱼》是普希金的诗,后由达尔戈梅斯基改编成歌剧。

多恩　什么?

索林　我说的是,当初她多可爱。实职政府顾问索林有一阵子确是爱上她了。

多恩　你这个老唐璜[1]!

　　　〔沙姆拉耶夫的笑声。

波琳娜·安德烈耶夫娜　我想咱们那些人打车站回来了……

特里波列夫　是的,我听见妈妈的声音了。

　　　〔阿尔卡金娜、特里果林上,后边跟着沙姆拉耶夫。

沙姆拉耶夫　(一进门)我们一个劲儿地显老,我们叫风吹雨打得都憔悴下去了,可是你呢,亲爱的夫人,你却永远那么年轻……衣裳鲜艳,精神活泼……体面……

阿尔卡金娜　你又想咒我哪,你这讨厌的人!

特里果林　(向索林)你好呀,彼得·尼古拉耶维奇!怎么样,一直在生病啊?这可不好,这!(看见了玛莎,愉快地)玛丽雅·伊利尼奇娜!

玛莎　你还认识我呀?(握手)

特里果林　结婚了吗?

---

1 唐璜,西班牙传说里的人物,不信神,放荡,淫乱。用在这里,是"色鬼"的意思。

玛莎　老早结啦。

特里果林　幸福吗？（向多恩和麦德维坚科鞠躬，然后，迟疑不决地，向特里波列夫走去）伊琳娜·尼古拉耶夫娜告诉我，说你已经把过去忘记了，不再生气了。

〔特里波列夫向他伸出手来。

阿尔卡金娜　（向她的儿子）你看，鲍里斯·阿列克塞耶维奇带来了一本杂志，上边有你最近写的小说。

特里波列夫　（接过杂志，向特里果林）谢谢你。你太好啦。

〔他们坐下。

特里果林　我给你带来了你的崇拜者们的问候……在彼得堡和莫斯科，大家都对你本人发生兴趣，都不断地向我打听你的情形：他是什么样子呀？多大年纪啊？棕头发还是黄头发呀？我也不知道为什么，大家都揣想你不太年轻了。谁也不知道你的真姓名，因为你用的是笔名。你就跟 Masque de fer[1] 一样。

特里波列夫　你要跟我们住很久吗？

特里果林　不，我明天就想回莫斯科去。不得不走啊。我得赶快把那篇长篇小说写完，另外，我还答应给一个文集写点短篇。一句话，还是那种老套子啊。

〔他们谈话的时候，阿尔卡金娜和波琳娜·安德

1　法语，戴着铁面具的人。

烈耶夫娜把牌桌摆在屋子当中,把它打开;沙姆拉耶夫点起几支蜡烛,搬过几把椅子来。大家从橱里拿出一套抓彩牌[1]来。

你们这儿的天气可真不欢迎我。刮这么凶的风。明天早晨要是平和下来,我就钓鱼去。想起来了,我得去看一下花园,还有那个地方,你记得吗?——演过你的剧本的地方。我有一个构思,已经成熟了,需要的只是,我得把故事的环境在我记忆里重温一下。

玛莎 (向她父亲)爸爸,让我丈夫牵匹马去吧!他得回家去。

沙姆拉耶夫 (嘲弄地)马……回家……(严肃起来)你亲眼看得很清楚,马是刚打车站上回来的。可我不能叫它们这样接着跑。

玛莎 还有别的马呢……(她父亲的沉默,使她作了一个失望的手势)想跟你商量一点事情啊……

麦德维坚科 听我说,玛莎,我走回去。真的我……

波琳娜·安德烈耶夫娜 (叹气)在这样的天气里走啊……(坐在牌桌旁边)先生太太们,请来吧。

麦德维坚科 也不过六里路……再见吧……(吻他太太的手)再见,妈妈。

---

1 欧洲流行的一种赌博,每人把自己所抓到的牌,记下号码来,谁先排齐了号码,谁就赢钱。

〔岳母不情愿地伸出手来给他吻。

要不是为了那个小东西,我谁也不会麻烦的……(向大家鞠躬)再见……(像被人抓住错处似地走下)

沙姆拉耶夫 他本来就可以走着回去的嘛!又不是将军!

波琳娜·安德烈耶夫娜 (轻轻拍着桌子)太太们,先生们,请吧。不要耽误时间啦,一会就到吃晚饭的时候啦。

〔沙姆拉耶夫、玛莎和多恩围着牌桌坐下。

阿尔卡金娜 (向特里果林)我们这儿一到秋天总是玩玩抓彩牌,来消磨这漫长的夜晚。看看!这还是我们做小孩子的时候,我死去的妈妈玩的那副呢。你也跟我们玩一会儿,玩到吃晚饭好吗?(和特里果林一同坐在牌桌旁)这是一种没味道的游戏,可是只要一玩惯了,也就觉得不错了。(分配给每人三张牌)

特里波列夫 (翻着杂志)他看过他自己那篇小说了,可是我的这篇,他连裁都没有裁开。(把杂志放在书桌上,向左门走去;走过他母亲身旁时,捧着她的头,吻吻)

阿尔卡金娜 你呢,科斯佳,不玩玩吗?

特里波列夫 原谅我吧,我不想玩……我出去走走去。(下)

阿尔卡金娜 押十个戈比。大夫,替我押上。

多恩 遵命。

玛莎　大家都押好了吗？我开始了……二十二！

阿尔卡金娜　噢！

玛莎　三！……

多恩　好。

玛莎　三，记好啦？八！八十一！十！

沙姆拉耶夫　别这么快。

阿尔卡金娜　你们可没有看见，哈尔科夫是怎么欢迎我呀！我的脑袋到现在还在转呢！

玛莎　三十四！

　　　〔后台，忧郁的圆舞曲的声音。

阿尔卡金娜　学生们向我大大的欢呼……三个花篮，两个花冠，还有这个……(把胸针解下来，扔在桌子上)

沙姆拉耶夫　这呀，这可不简单……

玛莎　五十！

多恩　整五十呀？

阿尔卡金娜　我穿的是一身特别好看的衣服……哼！要讲打扮呀，这我可不笨。

波琳娜·安德烈耶夫娜　科斯佳在弹琴呢。他真苦闷哪，这可怜的孩子。

沙姆拉耶夫　报纸上把他批评得真够瞧的。

玛莎　七十七！

阿尔卡金娜　报纸，多么漂亮的行当啊！

特里果林　他不走运哪。他没碰巧找对他的路数。他的作品都是古怪的、空洞的,有时候甚至像狂言乱语。也没有一个人物是活的。

玛莎 十一!

阿尔卡金娜 (看着索林)彼得鲁沙!你厌烦了吗?

　　　[停顿。

他睡着了。

多恩 实职政府顾问睡着了。

玛莎 七!九十!

特里果林 如果我住在像这样靠近湖边的一座房子里,你们想我还会写得出东西吗?我会战胜写作的热情,整天都去钓鱼的。

玛莎 二十八!

特里果林 钓上一条小鲤鱼或者是鲈鱼来,是什么也比不上的快乐呀!

多恩 要问我,我可相信康斯坦丁·加夫里利奇。他有点儿玩意儿,这我敢说。他用形象来思想,他的描写是生动的,有色彩的,能够深刻地感动我。可惜的,只是他没有确定一个清楚明确的目标。他只给人一个印象,就打住啦。然而光给人一个印象,那是没有力量的。告诉告诉我,伊琳娜·尼古拉耶夫娜,有一个当作家的儿子,你感到幸福吗?

阿尔卡金娜 你自己想一想吧,他的东西我还一点也没有读过呢。我总是没有时间呀!

玛莎　二十六!

　　〔特里波列夫轻轻地走进来，走到他的书桌前。

沙姆拉耶夫　（向特里果林）鲍里斯·阿列克塞耶维奇，我们这儿还有你的一样东西呢。

特里果林　什么呀?

沙姆拉耶夫　康斯坦丁·加夫里利奇打死的那只海鸥;是你叫我们把它塞上草的呀。

特里果林　这我不记得。（默想）不记得啦!

玛莎　六十六! 一!

特里波列夫　（把窗子大大打开，倾听）多么黑呀! 我不知道我心里为什么这样不安宁。

阿尔卡金娜　科斯佳，关上窗子，你放进一阵阵的过堂风来了。

　　〔特里波列夫关上窗子。

玛莎　八十八!

特里果林　我赢了，太太先生们!

阿尔卡金娜　（高兴地）好哇! 好哇!

沙姆拉耶夫　好哇!

阿尔卡金娜　他这个人，到处、随时都走好运。（站起来）现在咱们吃点东西吧。我们的名人今天还没有吃中饭呢。吃完晚饭咱再接着玩。（向她的儿子）科斯佳，放下你的稿子，咱们吃饭去。

特里波列夫　我不饿，妈妈。

阿尔卡金娜　随你便吧。(叫醒索林)彼得鲁沙,吃晚饭啦！(挽着沙姆拉耶夫的胳膊)我来跟你讲讲我在哈尔科夫是怎样受人欢迎的……

　　〔波琳娜·安德烈耶夫娜吹灭桌子上的蜡烛；然后和多恩推那张椅子。大家都由左门下；留下特里波列夫,坐在他的书桌前。

特里波列夫　(准备写,迅速地看了一遍已经写过的稿子)我讲过那么多的新形式,可是我觉得自己现在却一点一点地掉到老套子里去了。(读)"围墙上的布告宣传着……黑头发衬托出一张苍白的脸。"……宣传,衬托……这多平凡啊。(涂去)开头的地方,我要表现出主角被雨声惊醒,把其余的都删掉。描写月光那段太长,也太做作。在特里果林,写作是很方便的,他有一定的格式……在他的作品里,河堤上,一个碎瓶颈在闪光,磨坊风轮抛下一道昏黑的影子,那么月亮就算写好了。而在我的作品里,却又是颤动的光亮,又是繁星在轻轻地闪烁着,又是远远钢琴的声音消失在清香的空气里……多么苦恼啊！

　　〔停顿。

是的,我一天比一天更了解,问题不在形式是旧的还是新的；重要的是,完全不是为想到任何形式才写,而只是为了叫心里的东西自然流露出来才写。

〔有人轻敲离着书桌最近的那个窗子。

这是什么？（看窗子外边）什么也看不见……（打开那扇玻璃门，往花园里望）有个人刚刚跑下台阶去。（喊）是谁？（走出去；传来沿着凉台的迅速脚步声；过了一会儿，他和妮娜·扎烈奇娜雅一同回来）妮娜！妮娜！

〔妮娜把脸伏在特里波列夫的怀中，轻声地抽泣。

（激动地）妮娜！妮娜！是你呀……真是你呀……我早就有了预感，今天一整天，我的心都是紧得可怕。（把她的帽子和披风脱下来）她来了，我的最珍贵的，我的最可爱的！我们不要哭，我们不要哭吧！

妮娜　这儿有人。

特里波列夫　没有人。

妮娜　把门锁上！会有人进来。

特里波列夫　不会有人进来。

妮娜　伊琳娜·尼古拉耶夫娜在这儿，我知道。锁上门……

特里波列夫　（把右门锁上，向左门走去）这扇门没有锁。我来顶上一把椅子吧。（用一把椅子顶上门）什么也不用怕，不会有人进来。

妮娜　（眼睛紧盯着他）让我看看你。（往四下看一看）这里很暖和，很舒服……从前，这是会客室。我变得很厉害吗？

特里波列夫 嗯……你瘦了些，你的眼睛大了些。妮娜，我觉得这回看见你是很奇怪的。你为什么关上门不见我？你为什么到这儿这么久都不来一趟？我知道你来了差不多一个星期了……我每天都到你那儿去好几次，我像个乞丐似的在你的窗子外边等着。

妮娜 我怕你一定会恨我。我每夜都梦见你在看着我，可是不认识我了。你可真不知道啊！自从我回来，我每天都走到这里来……围着湖边转。我有那么多次走近了你的房子，但是每次都下不了决心进来。我们坐下好不好？（他们坐下）现在让咱们坐下来，谈一谈，多谈一谈吧。这屋里多好哇，又温暖又舒服……你听见这风声了吗？屠格涅夫写过这样的一段："在这样的夜里，有避风雨的屋顶、有取暖的炉火的人，是幸福的。"我是一只海鸥……不对，我说错了。（摸她的上额）刚才我跟你说什么？……啊，对了……屠格涅夫……"但愿上帝帮助所有那些无家可归的流浪者吧！……"[1] 这也没关系。（啜泣）

特里波列夫 妮娜，看你又哭起来了……妮娜！

妮娜 不要紧，这样我倒好过一些。我两年没有哭过了。昨天晚上，很晚了，我到这花园里来，看看咱们那

---

[1] 引自屠格涅夫的《罗亭》。

座舞台是不是还在那儿。它仍旧在那儿。我于是两年以来第一次哭了，我的心里也就舒服了些，精神也开朗些了。你看，我不再哭了。(拉起他的手来)现在你果然是一个作家了……你是一个作家，我是一个演员……我们两个也都被牵进生活的旋涡里来了……我从前那样快活地生活着，像一个孩子似的；每天早晨，一醒来嘴里就唱着歌。那时候，我爱你，我梦想着光荣，然而现在呢？明天一大早我就得到叶列茨去了，三等车厢……混在农民们中间。到了叶列茨，我还得忍受着那些有文化的商人们的种种殷勤。多么下贱的生活啊！

特里波列夫　为什么到叶列茨去呢？

妮娜　我签了整一个冬季的合同。我必须去。

特里波列夫　妮娜，我骂过你，恨过你；我撕过你的信和照片，然而我时刻都知道我的心灵是和你永远连在一起的。我没有能力叫自己忘记你，妮娜。自从我失去了你，自从我把小说开始发表出去，我的生活一直就是不能忍受的，我痛苦……我的青春好像突然被夺走了，我觉得自己仿佛已经活过了九十岁一样。我呼唤着你，我吻你走过的土地；不论我的眼睛往哪儿看，我都看见你的脸，看见你那么温柔的微笑，在我一生最愉快的时候照耀着我的微笑……

妮娜　(慌乱地)他为什么说这个，哎呀，他为什么说这个呀?

特里波列夫 我是孤独的,没有任何感情温暖我的心,我像住在地牢里那么寒冷;所有我写出来的东西,都是枯燥的,无情的,暗淡的。留下来吧,妮娜,我恳求你,不然就让我跟你走!

〔妮娜迅速地戴她的帽子,披她的披风。

妮娜,这是为什么! 妮娜,看在上帝的份上……(看着她穿戴好)

〔停顿。

妮娜 我的马车就停在花园门口。不要送我,我一个人走……(流着泪)给我一点水喝……

特里波列夫 (给她水)你现在到哪儿去?

妮娜 进城。

〔停顿。

伊琳娜·尼古拉耶夫娜在这儿吗?

特里波列夫 在……上星期四,我舅舅病得很厉害,我们打电报把她叫来的。

妮娜 你为什么说你吻我走过的土地呢? 你应该杀掉我。(倚在桌子上)我可真疲倦呀。休息休息……我多么需要休息休息呀!(抬起头来)我是一只海鸥……不,我说错了……是一个演员。不,是一只海鸥!(听见阿尔卡金娜和特里果林的笑声,她静听了一下,向左门跑去,扒着锁眼看)他也在这儿啦……（向特里波列夫走回来）好，好……这没关系……他不相信演戏，他总是嘲笑我的梦想，于是我自己也就一点一点地不相信它了，结果我失去了勇气……除此以外，再加上爱情，嫉妒，对孩子日夜提心吊胆……我就变得庸俗、浅薄了，我的戏也演得坏极了……我不知道这两只手往哪儿放，我不知道怎样在舞台上站，我的声音也由不得我自己做主。你可不知道，一个人明知自己演得很坏，那是怎样一种感觉啊。我是一只海鸥。不，我说错了……你还记得你打死过一只海鸥吗？一个人偶然走来，看见了它，因为无事可做，就毁灭了它……这是一篇短篇小说的题材啊……不，我要说的不是这个……（用手摸自己的上额）刚才我谈到什么？……啊，对了，谈到演戏。现在我可不是那样了……我是一个真正的演员了，我在演戏的时候，感到一种巨大的快乐，我兴奋，我陶醉，我觉得自己伟大。自从我来到这里以后，在我这些天漫长的散步中，我思想着、思想着，于是感到自己的精神力量一天比一天坚强了……现在，我可知道了，我可懂得了，科斯佳，在我们这种职业里——不论是在舞台上演戏，或者是写作——主要的不是光荣，也不是名声，也不是我所梦想过的那些东西，而是要有耐心。要懂得背起十字架来，要有信心。我有信心，所以我就不那么痛苦了，而每当我一想到我的使命，我就不再害怕生活了。

特里波列夫 （悲哀地）你已经找到了你的道路，你知道了向着哪个方向走了；可是我呢，我依然在一些梦幻和形象的混沌世界里挣扎着，不知道自己为什么写，为谁写。我没有信心，我不知道我的使命是什么。

妮娜 （倾听）嘘……我得走了。再见啦。等我成为一个伟大的演员的时候，来看看我吧。答应吗？但是现在……（握他的手）天已经晚了。我简直站不住了……我累极了，我饿……

特里波列夫 留下，我给你弄点晚饭吃……

妮娜 不，不……不要送我，我一个人走……我的马车就在这旁边……敢情她把他带来了吗？好哇，左右是一样。你见着特里果林的时候，什么也不要跟他说……我爱他！我甚至比以前还要爱他……这是一篇短篇小说的题材啊……我爱他，我狂热地爱他，我爱他到不顾一切的程度。从前的日子是多么快乐呀，科斯佳！你还记得吗？咱们从前的生活是多么明朗，多么温暖，多么愉快又多么纯洁呀——而咱们从前的感情又多么像优美甜蜜的花朵呀……你还记得吗？……（背诵）"人，狮子，鹰和鹧鸪，长着犄角的鹿，鹅，蜘蛛，居住在水中的无言的鱼，海盘车，和一切肉眼所看不见的生灵——总之，一切生命，一切，一切，都在完成它们凄惨的变化历程之后绝迹了……到现在，大地已经有千万年不再负荷着任何一个活的东西了，可怜的月亮徒然点着它的明灯。草地上，早晨不再扬起鹭鸶的长鸣，菩提树里再也听不见小金虫的低吟了……"（冲动地拥抱特里波列夫，然后从玻璃门跑出去）

特里波列夫 （一阵停顿之后）如果有人在花园里碰见她，去告诉妈妈，可怎么好呢？那会叫妈妈苦恼的……（两分钟之间，他一句话也没有说，只在那里把所有稿子撕碎，扔到桌子底下；然后，打开右门，下）

多恩 （想用力推开左门）这真奇怪……门好像锁上了……（上场，把椅子放回原处）简直成了障碍赛跑了。

　　　［阿尔卡金娜、波琳娜·安德烈耶夫娜上，后边跟着上来的是玛莎和雅科夫——拿着些酒瓶子；再后边，是沙姆拉耶夫和特里果林。

阿尔卡金娜　给鲍里斯·阿列克塞耶维奇把红葡萄酒和啤酒放在这桌子上。我们来一边玩着一边喝着。都坐下吧，大家。

波琳娜·安德烈耶夫娜　（向雅科夫）把茶一块儿端上来。（点起蜡烛，坐在牌桌旁边）

沙姆拉耶夫 （领着特里果林向立橱走去）我刚才跟你说的那个东西就在这儿啦……（从橱里取出那只填了草的海鸥）这是你吩咐我们做的。

特里果林 （注视着那只海鸥）我不记得了！（思索）不，我不记得了！

〔后台，右方一声枪响；大家都吓得跳起来。

阿尔卡金娜 （大惊）怎么回事？

多恩 没什么。一定是我药箱子里什么东西爆了。不要慌。（由右门下，跟着就回来）我说得一点也没错。我的一瓶乙醚刚刚炸了。（低唱）"终于，我又见到你了，迷人的女人……"

阿尔卡金娜 （在牌桌旁坐下去）可把我吓坏了！这叫我想起了那一回，他……（两手蒙上脸）那种样子叫我的眼睛都发黑啊。

多恩 （翻着杂志，向特里果林）大约两个月以前，这份杂志上发表过一篇文章……一封美国来信；关于这个，我想问问你……（搂着特里果林的腰，把他拉向脚光）这个问题叫人极其发生兴趣……（低声）想个法子把伊琳娜·尼古拉耶夫娜领走。康斯坦丁·加夫里洛维奇刚刚自杀了……

——幕落

* 译后记 *

契诃夫与其《海鸥》

焦菊隐

契诃夫(一八六〇——一九〇四)最初是一个多产的小说作家。前期的作品,据他自己说,一共有一千篇左右,包括短篇小说、故事、逸闻等,其中有些也很平凡。这些作品,大多是用笔名阿·契宏特在一般的幽默刊物上发表的。当时俄国文艺界很藐视有天才而无思想的作家。所以契诃夫的小说,虽然已经受到广大读者爱好,也还被讥讽为"没有思想"。这对于他初期的作品,或者并不完全错误。前进刊物《俄国思想》有一个很长的时期对契诃夫持着戒心,以防范一位不进步的作家的态度敬远着他,不敢请他撰稿。但,这个刊物终于不得不屈尊向他请求作品,甚至以后和契诃夫之间建立起永久而密切的联系。因为:一方面,契诃夫的写作态度愈来愈严肃了,写的数量也少了;另一方面,大家逐渐认识了契诃夫作风中之简单的深刻性。无论是他的小说和戏剧,写来都那样简单、自然、平常，在这简单、自然与平常之中，却寄寓着伟大深沉的力量、人生的鸟瞰、生活脉动的记录。作者不向读者和观众讨论人生的问题，却让他的人物自己去讨论自己的人生，让读者和观众自己去对生活发出问题。托尔斯泰论契诃夫说："他写作的方法有些特别，恰如一个印象派的画家。你看，一个人把浮上他心头的几种鲜明的颜色，随意涂在画布上，在这些鲜明的各部位之间，虽没有明显的联系，可是整个的效果会令人目夺神移。你眼前这张画布是鲜明而使人禁不住感到有力的。"

以后，契诃夫对自己的写作愈多苛求了，每年只写两三篇小说。他的作品也愈多让人物们讨论自己，让那些沉湎于梦幻与空谈之中的和迷失于矛盾与徘徊之中的俄国知识分子讨论自己。就在这时，在他的天才成熟、世界观通彻的时候，他开始写剧本。所以，虽然契诃夫一生里永远不愿人家忘记他第一是医生，其次是小说作家，最末才是剧作家，而我们却认为医生不过是他的一个偶然的职业，小说是他向往创造之极峰的过程，只有他的戏剧是最高的成就。最先，他写了两篇诙谐戏，都是短篇，一个名为《熊》[1]，另一篇是《求婚》。契诃夫本人虽然沉默寡言，但性情和笔下的幽默意识极浓，所以

---

1 《熊》（*Bear*），又译《蠢货》。——编者

这些闹剧写得很成功，而且剧中的人物，又不是普通闹剧中的人物，都有他们的性格，都是活生生的人。这两出戏到处都在演，到处都得到成功。契诃夫对人说过若干次："写消遣戏吧，你会晓得这类戏会多么赚钱的。"他这句意味微微有些酸苦的玩笑话，到最后写《樱桃园》时，也还重复着说。接着，他又写了一篇长剧《伊凡诺夫》。这本戏，比起他后来的剧作，有些粗糙，像是一个初稿。在没有印行之前，由考尔什私人剧团首次演出。据契诃夫家里的人后来时常谈起，他认为演员们演得很好。第二次上演是在彼得堡的皇家剧院，演出表面很成功，然而并没有给舞台留下一点影响，因为旧型剧院的演员无论怎样优秀，可是他们的演技和导演的方法、舞台的装置以及服装、化妆、灯光，都是照例的一套刻板的、传统的、因袭的做法，所以演出里没有契诃夫赋予舞台的那种人生的新反映，没有契诃夫想象中所创造的世界，没有契诃夫的风格。总而言之，这一次演出里契诃夫并不存在。

《伊凡诺夫》之后二年，他又写了一篇长剧《木魔》[1]，是由阿伯拉茂娃所新组织的一个剧团演出的。这个剧本后来绝了版，契诃夫把它改写成了《万尼亚舅舅》。据丹钦柯的批评说："无论如何，那（指《木魔》的演出）不

---

[1] 《木魔》（*The Wood Demon*），又译《林妖》、《树精》。——编者

能算是一个出色的成功。我觉得作者还没有娴熟舞台的形式。第一幕两个女人那一场所给我的优美的印象,到现在我还清清楚楚地记得;结果,这一场戏就充分地移用到《万尼亚舅舅》里面去了。"他又说:"《木魔》与《海鸥》相隔有六七年的样子,《万尼亚舅舅》就是在这中间发表的。契诃夫反对人家说这是《木魔》的重写,他在某处曾断然地宣布《万尼亚舅舅》是一个完全独立的剧本。然而《木魔》的基本线条和一部分场面,经过极小的变动,都编织在《万尼亚舅舅》里面去了。"然而,无论是《木魔》或《万尼亚舅舅》,演出的成功都是肤浅的。也正因为,像丹钦柯所说,作者对舞台的形式尚没有娴熟,所以没有显露出有关基本问题的失败。这里只有演员的成功,因为他们又换了一套新服装,又改了一副新化妆,很能引起观众好奇与新鲜的感觉。而全剧的抒情内涵,完全被不调和的舞台表现所破坏。演员虽都优秀,可是他们在台上的语言、态度和性情里,找不出一点熟见而活生生的人物。那些装置,如布制的墙、摇摇晃晃的门和幕后嘈杂的声音,没有一刹那能提示说台上的戏是真的。舞台上的一切,都是在任何戏里所熟见的,却没有一点是在现实生活中所熟见的。观众们也只认定了演员,给他们鼓掌,把他们欢呼到幕前;可是戏一演完,这出戏的生命也就跟着完了,并没有唤醒观众对世界有一个新的了解,没有使观众对契诃夫放在剧本里的那个人生有新的反应，更没有带着真实的生活经验之感召回家。这种情形，都是造成后来《海鸥》第一次上演惨败的原因。契诃夫也感觉到他的诗的珍珠和整个世界观不能为演员和导演们所了解，所以就不愿再写戏给任何剧场。

然而，宋巴托夫和丹钦柯屡屡苦劝契诃夫继续写戏。听了他们的话，他就在《万尼亚舅舅》之后的四五年，写了《海鸥》。

当契诃夫写《海鸥》的时候，他正住在莫斯科附近的乡下——梅莱好坞。由莫斯科坐两三个小时的火车之后，穿过一带树林和村庄，再走十一俄里的小路，才能到那个地方。他那里时常有远处来访的客人。契诃夫喜好热闹，喜好客人，喜好人多，喜好谈话，可是他自己总是在静听，永远保持着一个含蓄的、自持的、收敛的态度，绝不多发表意见。他就这样在乡下招待着许多愉快而健谈的人们。然而，他有一个古怪的脾气，每当一个新思想或一个新意象涌上心头的时候，他要马上去把它们记录下来，于是就把那群客人丢在书房里，不去理他们。他那里的环境和交往的人物，都直接供给《海鸥》不少背景和材料。那里有一座美丽的花园，园子里有一条笔直向漂亮的走道，这就是《海鸥》里特里波列夫布置舞台的地方。一到黄昏，那些客人们就玩牌，这也像《海鸥》里一样。其他还有许多琐碎的事情，也都是从梅莱好坞的生活中摘取下来的。

《海鸥》里的人物，也都是契诃夫所接触到的人物的混型。许多人以为戏里的作家特利果林是契诃夫自己的写照，就连伟大的托尔斯泰也这样说过。然而，契诃夫对于这位作家并没有同情的态度，相反地，他对于那一般人认为狂吃的青年作家特里波列夫却是另眼看待。这位青年作家迷恋于"新形式"，梦想着，追寻着而且试验着"新形式"，这也正是契诃夫所迷恋的新形式。契诃夫的新形式，不是某种特殊色彩真象，而是生动而简单的心象；不是开敞的发着火花的效果，而是深刻而含蓄着的热情；不是在背后看不见人生的发光芒的艺术，而是背后掩掉了艺术的真实的人生。他的新形式，是罗马人常常歌颂的"简单之神秘"，从这简单平常里面，揭出人生全部的面貌与力量。所以，像特利果林那样的作家，随时拿着本子记一两样事实，录取一两句话，或者如他所说的，"人们恭维我的时候，我高兴；人们说我坏话的时候，我就一两天以内都觉得没有好脾气"，这些都不像契诃夫。另一方面，青年作家特里波列夫所写的独白里所说的："物质和精神将会融化成为完美和谐的一体，而宇宙的自由将会开始统治一切。但是那个情景的实现，只能是一点一点的，必须经过千千万万年，等到月亮、灿烂的天狼星和大地都化成尘埃以后啊……"这却更似契诃夫。假如我们了解《樱桃园》里世纪末之悲哀，也必会了解这《海鸥》里的"世界忧郁"的悲哀。自然，在这个作家性格与思想的组成上，也有一部分是他自己，而大部分的模型，却取自另外一位作家波塔宾科。这是当时一个新作家，来自外省，很善交际，和蔼得非常讨人喜欢，又有沉着的智慧，他能使每个人都受他乐观的感染而觉得欣悦。他的写作又多又快，对自己的作品估价并不太高，而且总是取笑自己的作品，这一点极像《海鸥》里的作家对妮娜所讲的话（第二幕）。他很挥霍，但是天真朴实，而又意志薄弱。他是契诃夫乡居里的客人之一，对契诃夫很亲切，也很崇敬。在契诃夫描写《海鸥》里作家特利果林的性格上，特别是他对女人的关系上，更是一点也不像他自己，反而是波塔宾科型，因为波塔宾科总是受女人们热烈的恋爱，他爱女人，特别是因为他懂得如何恋爱。自然，这个人物既不是契诃夫，也不是波塔宾科，而是两者再加上其他人物的混型。

所有的男人，空谈着，忧郁着，想挣脱当时黑暗的社会而又缺乏勇气地矛盾着，那样白白把自己的生命在空虚里消耗着，也都是当时真实的活人们。

女人们，尤其是妮娜，是当时俄罗斯少女的逼真的写照。一面有许多苦闷的青年如特里波列夫，追寻着梦想与新生活；平行的有许多乡间少女，怀着幻念与野心，想从那陈腐迟滞如死泥塘一般的环境中逃出，要想从那黑暗的平凡的世界里逃出，去另外追寻一个可以献身的境界——有人想把自己像火焰一般热烈而又像小鸟一般温柔地献给上帝，所以有多少少女进修道院；有人想把自己牺牲给自由的空气和可以自由发挥热情的工作，而在女权甚至人权都受着极度压迫之下，就只好成群地走进戏剧圈子；又有许多少女，情愿把自己无条件地牺牲给能刺激起她们幻梦的天才男人，就变成《海鸥》里妮娜那样的人物。妮娜也是契诃夫在梅莱好坞生活中所接触到的类型。妮娜送给她所爱的作家一个纪念章，上边刻着他的作品中的一句话："一旦你需要我的生命的话，来，就拿去吧！"这句简单的话，正刻绘出当时俄罗斯少女怀抑在内心的热情所爆发成的自捐与单纯。这句话，这句妇女们又强烈而又温柔的献身语句，是契诃夫所喜欢的，所以在他的小说里用过之后，又在《海鸥》里采用一次。至于那位女演员阿尔卡金娜之肤浅，和她的刻板的因袭的艺术观如何阻止了她对于深刻新鲜而真实的艺术的欣赏，如何磨灭了她对艺术探险的勇气，而反过来否定一切新形式与新内容，也是当时一般演员们及一般知识分子的通病。《海鸥》是一篇非常真实的作品，因为它的人物，人物所生活的环境，与人物在这种环境中必然的行动，都是采自现实的生活，而不是产生于作家头脑的创造。

　　契诃夫把《海鸥》写完之后，把稿子先送给莫斯科皇家剧院里的领袖演员连斯基看。连斯基是当时俄国最动人的演员，他的迷人的力量，他的化妆，他在舞台上创造的形象和他献身于戏剧与戏剧教育的虔诚热烈，都值得人们崇敬。可是，他读完《海鸥》初稿之后，回了契诃夫一封信，里面主要的话是这样的：

> 你知道我对你的才气估价有多么高，你也知道我对你的情感有多么深。可是，正因为如此，我才不得不对你说句极坦白的话，这是我最友谊的忠告：停止给舞台写作。这完全不是你本行以内的事。

口气是很坚决的，信里连一句批评都不肯写，可见他认为《海鸥》有多么不适于舞台演出了。

本来，俄国旧型演剧的公式化，影响得作家们的笔下也不得不公式化。第一，当时观众的兴趣不在深刻的内容和意识，仅仅要求有动人的几个场面，或者惊心动魄的情节；第二，观众所欣赏的，不是剧中人物及其性格，而是演员和他们固有的套数。所以当时走红运的剧作家们，不需要天才和创造，只要知道剧场有哪些知名的演员，按着这些演员的性情和他们最受欢迎的那几套看家本领，凑成一个曲折的故事或人多的场面，就马上可以写成一本必然叫座的戏剧。剧作家所需要知道的舞台技巧，也不是技术的本身，而是观众欣赏方式中所附产的技巧问题——如"下场"便是一个病态艺术所附产的病态技巧：每当一场演完时，观众照例要把主角欢呼到台口，这位主角在下场之前，要走到幕线外边，向观众鞠躬致谢，有时一连被唤出若干次，而台上其他的演员，就必须像木鸡一样站在台上，等到这位主角受欢呼完毕，全体才能接着做戏。这不但把一出戏剧割成无数段落，而且使那些等待着的演员们手足无措。所以，剧作家在编剧时，只要懂得哪一个演员在哪个地方必被欢呼，在那个地方给一个适当的处理，便算成功了。至于舞台上要自成一个完整的独立的真实世界，那不但是人们所想象不到的，而且很难得到演出的成功。连斯基否认《海鸥》演出的可能，除了上述的理由之外，还有一个更大的原因，那就是：契诃夫的剧本简单而深刻，平淡而有力，客观而抒情，都不能令人马上就领悟。就连托尔斯泰，也都说过一句疏忽的话。当他赞扬契诃夫时，中间有一句说："他所写的一切都很精彩，只是不深刻，是的，不深刻。"契诃夫对世界，对人生的观察，既不是托尔斯泰的，也不是陀思妥耶夫斯基的、果戈理的或屠格涅夫的，那完全是他自己的。契诃夫不从人生某一角落看人生，而从它的全貌看它的全貌；他不攫取人生的外形来表现人生，而拨出人生的脉动，来托出人生的存在的方式。这不但使当时习染于因循的、公式的艺术观念的人们易于忽略，就是现代若干寻求舞台性的批评家与内行观众，恐怕也不容易领会。凡是想把舞台上的现实和舞台下的现实分割的，也不能领会契诃夫。许多人在心中形成了一个习惯：去读或去看一出戏，所持的态度，和观察日常生活不是同一的态度。所以，如果戏里没有动人的故事，甚而全是琐琐碎碎的末节，又简单，又平常，人物又没有一个刺目，没有英雄和理想的类型，反而全是左邻右舍所见到的那些最不引人注意的人在谈着，在动着，在吞吐着半句话，时而又沉默静止，那么他必然感到索然无味。我们不能一眼就看出契诃夫的伟大，正因为他不是高高在我们上边，而只混在我们中间。然而，你必须懂得，契诃夫的"简单的自然"；必须懂得契诃夫型的世界观，才能了解他的作品之深刻，才能了解那比一切更深的深刻。

契诃夫的作品，外形全是珠玑，内在又驻留着最纯的人类生活的抒情诗。要知道，能使这生活的抒情成分充分地刻绘出来的，不是生活的几条素描的粗线，而是使生活温暖的简单而琐碎的末节。所以他的人物都是很简单的，谈着最简单的话，又生活在日常生活的简单环境中，没有一个人沉溺于善感流泪的独语中，没有一个人披着古代的外衣而使我们觉得离着我们远。他使人物们赤裸裸地活着；他描写着他们的歇斯底里病态，他暴露着他们渺小而又自私的性格与心怀。然而，他的心中放射着同情；不是对这些人物同情，而是对那些向往较好的人生之梦，放射着同情。他的作品中没有出色的东西，有的，就是不自觉间的简单的人物与生活，写得自然到富于色彩与音响。他的自然，产生于他的"人物不脱离生活所在的环境"，如：玫瑰色的晨曦，蔚蓝的黄昏，在风雨之下战栗着的百叶窗，灯，火，火炉，铜茶壶，钢琴，玻璃杯，大风琴，烟草，还有姊妹，家人，亲戚，邻居，酒和歌以及每日生活中自然动荡着的无数小曲折，而这一切非常简单又自然的笔法，竟造成他的作品的惊人的节奏，那也正是生活的节奏。还有哪一个作家比契诃夫更能把握住生活之律动呢？——那月明如水的深夜，那更漏的凄寒（《海鸥》），那斧声的丁丁（《樱桃园》），那一束一束干稻草的默默无言，那枭鸟的哀啼，那大火的焚烧（《三姊妹》），那强印着悲哀的安详（《伊凡诺夫》），那伯爵大提琴的呜咽，那微叹，那半吐的词句，那忧郁的音乐，那静默……

必须懂得从这样简单而自然的生活中去观察生活，才能了解生活。然而，这就也必须具有契诃夫型的世界观，具有契诃夫型的生活方式：内在地，契诃夫保持着一个内心自由感；外在地，他认为宇宙间任何事物都有它本身所贡献于生活的意义与价值。

高尔基、丹钦柯、斯坦尼斯拉夫斯基、库波林和布宁每一追忆到契诃夫的生活，都必提起说，他们印象中最深刻的，是契诃夫的冷静态度和他的幽默。这冷静而又幽默，恰是契诃夫内心自由感觉之升华的一个表现。他的灵魂，能摆脱开任何传统的、世俗的以及一切既成的、公式的观念与限制的拘束，使自己保持着个人的独立的自由的态度，站在高处但不是远处，去观察人类的生活。他客观，但自己并没有离开生活当中；他冷静，但内心怀着情绪。唯有这种内心的自由感觉，才能给人生一个新的观察，一个新的反映。当一八八八年《伊凡诺夫》演出之后，他给他的好友苏沃林的信上，有这样一段话：

> 这出戏的计划上，我走的路子是对了，只是一点儿也没有写好。我应该再等些时候再写！我高兴的是，没有听戈里格罗维奇两三年前就劝我写戏的话，而竟写了一部长篇小说！我清清楚楚地可以想象得出，要是那个时候就写剧本，我会糟蹋多少材料。他说："天才与题材的新鲜可以克服一切。"我觉得，不如说天才与题材的新鲜反会糟蹋不少。一个人除了有许多材料与天才之外，另外还需要一点绝不稍次要的东西。一个人需要成熟，此其一；其二，个人的自由感也是重要的。而这种感觉，只是近来才在我的心中开始发展。我以往一向没有这个感觉；以往是我的轻浮，不经心与对自己工作缺乏崇敬，冒充了这个感觉……

这种独立而自由的世界观是严肃的,紧紧把握住现实的,热情而急切的。更重要的是,他的认识不受任何偏见、成见和局部的观察所拘束,所狭隘的。所以,这种直觉的认识能超然而不出世,能辨察秋毫而又深入。这种"内心的自由感"是有巨大的力量的,因为它能使人们挣脱掉自己血液里所含着的每一滴奴隶性的因素,使自己内心先解放为自由人。在契诃夫给苏沃林的另一封信里,谈到写作一篇小说时,他说:

> 要写一个当过店铺的小伙计,又做过圣诗班的歌手的农奴之子,如何在中学、大学里就被教养得知道尊敬较高地位与阶级的任何人,懂得吻牧师们的手,懂得尊重别人的意见,懂得对得到的每一口面包感激;他有许多次被鞭笞,他没有套鞋,在雪地里给同学们跋涉奔波,人家又用他去和野兽斗。他喜欢和阔亲戚们同桌用饭,而在上帝与人类的面前,他又曾经因为自觉卑贱,而做出虚伪——可是,要写,这个青年如何把自己身子里的奴隶性一滴一滴地挖去,而如何在一个美丽的早晨,他终于感觉自己血管里不再有奴隶的血,而已是一个真正的人了……

这段话不但说出一个作家的内心自由感觉是如何培植、成长以至成熟的，而且说出这个力量，不仅仅是一个人独立存在的支柱和完美人格的因素，同时也是人道主义和未来世界之自由、平等、光明的出发点。所以，契诃夫又在一封信里说：

> 我相信每一个"个人"。我从分散在全俄各处的一些"个人"的人格上，看到了人类的解救——无论这些人是农民还是知识阶层——他们虽然人数少，可是强而有力。

一个人内在的自由感觉成熟之后，他对外在的一切事物的存在，也都能辨出它们的意义与价值，因为他没有成见或偏见，使他认为某些东西是有价值而某些东西是无价值的。自然与人生，其存在之整体，完全是由千千万万小节目所组成的。要想认识整体，而扬弃或忽视若干组成单位，就永远也不会对整体有正确的认识。我们从契诃夫的剧本中所看到的简单、平凡与自然，就是契诃夫的自由观下所见到的人生中每一细微事物的价值与意义的解释。"简单的神秘"并不是神秘，而是一个琐事细节所集体组成的力量。而契诃夫风格中的"简单"特质，与其说是简单，不如说是平凡的琐碎。他不把生活中所谓重要的事物重新组织成为作品中的似现实的现实，而在作品中把生活的现实，依其原有的容貌与脉动，直接地写出它的本身。他能以自由的心情直接去了解万物性格间复杂错综的必然性的因果关系，才能不遗漏即或如秋毫之末的组成单位，才能懂得生活整体之所以有意义，正是因为这些极小的单位各都有意义。然而契诃夫并不夸张这些琐碎细节之意义及其价值，他笔到之处，点题为止。因此，他的力量往往被初读的人们所忽略。可是，如果你愈多读一遍，就愈能多发现一分新东西——在契诃夫对世界对人类那种广大无遗而又渗入底层的视察下，人生中任何东西都有它的生命力，也都或大或小，或直接或间接地对生活贡献着极大的意义。

契诃夫要求他的读者和观众，像他一样具有个人内心的自由，像他一样尊重每一外在现象的意义与价值。所以他不再教训，不再强调，不再坚持，不再啰嗦。不但他的写作是这样，就是在演员们排演他的剧本时，如果有人向他请求指导或解释，他也总是回答："我不是都写下来了吗？"他以为他所写的那一点点舞台说明是足够的了，真正的现实，还得读者和观众以至演员自己去体会。然而，也就因为这一点，契诃夫的伟大才不容易被人发觉。也就因为这一点，契诃夫的伟大，才如宝藏之深刻无尽。斯坦尼斯拉夫斯基在他的名著《我的艺术生活》中谈象征主义与印象主义一章里论到契诃夫时，这样说：

有些剧本，初一看，显不出它们的深度来，你读过之后会说："好，不过里面没有出乎平平常常的东西，没有移心动目的东西。一切都恰如日常必然的样子，我们懂得这都是怎么回事。这是真的，只是不是新的。"

第一次读到这类的戏，常常是令人失望的，甚而觉得在读过之后，对它没有什么可谈的。布局和主题可以用两句话就说完，而自己呢？里面有许多好角色，可是没有一个是能引动一般演员想去演的。其他的都是小角色，那些角色可以用一张纸就写完。一个人读完所能记住的，只是几句单独的话和几场戏——但是奇怪的是，一个人越是不要勉强记忆，他就越要去想那出戏。戏里有些地方在记忆中复活起来，它的内心的力量强迫着你去想它们，因它们而又想到其他部分，最后竟想到全剧的整体。再多读一遍，你就又得到许多新发现。你把那戏中同一角色演到五百次以上，你会在每一次表演中都发现一点新的东西，好像戏里面藏着一个深不可测的创造力源泉一样，又像是藏着向周围散放着纯炼诗歌之香味的一朵花一样。

每日生活中操心的杂务和政治、经济以及大部分社会性的利害关系——这一切共同组成一个生活的厨房。艺术居在这些上头，从它的鸟瞰的高度上，观察下面所发生的一切。艺术把它所看见的一切都具体化起来，系统化起来。

有些剧本，写来只是一个最简单的主题，本身也没有兴趣。可是这些剧本渗透了"永久"的价值，凡是能在这些剧本中感觉出这个永久的特质的，才能领会这些剧本是为一切时代所写的。

契诃夫就是写这类剧本的作家。你踱在他这生活的厨房里面读他，你在剧本里只能找到简单的结构，蚊虫、蟋蟀，烦恼和渺小的灰色人物。可是，你要随着艺术的翱翔从高处去领会他，你就会在他的剧本之每日生活一般平常的布局中，发现有人类对幸福的永久渴望，人类向上的挣扎和俄国诗的真正香味，这些你都会觉得不下于屠格涅夫。在他的戏里，你可以了解特里波列夫的天才作品，从他给剧场所设想出的理想规律中，你可以认清什么是一切时代里艺术所最重要的东西，有些和哈姆莱特对演员训话一场内所说的相仿佛。在他的剧本里，你也会懂得阿斯特洛夫与万尼亚舅舅并不是简单渺小的人物，而是反抗契诃夫时代的俄国之可怖现实的理想争斗者。那时，你也就理会契诃夫的戏剧演起来何以引动观众不断的大笑，而读时并不显得那么响亮，那么清楚，那么频仍，因为契诃夫本身是一个爱生活的人，非常爱生活的。当他和他的人物忘了生活的现实之凄惨时，他是正常的，健康的，勇敢的。而当戏剧的布局牵着他和他的人物进入上一世纪八十年代之悲惨与黑暗的生活时，那么爱生活者的愉快大笑又适足以使我们清楚那些成为革命时期英雄的大人物，在当时黑暗的俄国，一直担负着多么艰苦的生活。我不相信俄国在全国抬头的一天，阿斯特罗夫那样的人会被人不认识。索妮雅和万尼亚舅舅会活起来，而谢列勃里雅科夫与卡以夫会完全随着那个时代毁灭。而那个时代，就没有人能像契诃夫这样予以批判，予以定罪的了。不幸目前的用新色调图饰自己的改造者们，竟认为那是戏剧中的死文字。虽然周围是无希望的环境，而仍坚信着一个更好的未来，像这样的理想主义，我想是再没有更伟大的了，契诃夫所有的剧本，都渗透了而且都结束于这位不幸、痛苦、有天才而又爱生活的诗人，生活在与他所写的人物同样艰苦的生活当中和诗人对更好的未来之信心上边。

不必说处在上一世纪八十年代俄国黑暗生活中的人们，即或是目前，迷惑地混在现状中的许多人，也都不能了解契诃夫，因为他们被生活之痛苦所麻木，做了生活的奴隶。既不能得到内心的自由，更不能认识生活中一切平常与琐碎现象之意义。所以,当契诃夫把《海鸥》原稿拿出来时,不但是连斯基认为没有上演的可能,全莫斯科都不会有人能欣赏,除了丹钦柯。

契诃夫把《海鸥》原稿交给了丹钦柯之后,又亲自由梅莱好坞动身到莫斯科,来听取他的批判。在丹钦柯的书斋里,据他在《文艺·戏剧·生活》里所述,契诃夫站在窗口,面向着窗外,听着坐在桌旁的丹钦柯讲话。他的神情,好像专心致志在听取意见,又好像在想着窗外花园中的事情,头有时竟伸出窗外去看。这也许是他避免使丹钦柯难于面对面坦白地启齿,也许是为保持个人的自尊心。然而,这是契诃夫的性格。契诃夫虽然时常嘲笑着说要写赚钱的消遣戏,可是他在写作上,态度是十分严谨的,从来不满意于自己的创作,如在最后一个剧本《樱桃园》写成后,他还在写给他年轻的太太、女演员克妮碧尔的信里,说他写了一个消遣戏。丹钦柯看过《海鸥》初稿之后,提出许多造型上及舞台技巧上的建议,特别是对于舞台公式的,契诃夫都没有接受。不过,《海鸥》原稿里,第一幕的结尾和现今的定本不同。原来的结尾是一个大惊局:在玛莎和多恩医生单独对话的一场内,突然发现玛莎是医生的女儿。可是,这一个重要的关键,在以后各幕里,就不再提起一个字,向来在编剧的文法上讲,第一幕的结尾,应当决定全剧发展下去的方向,而《海鸥》第一幕这样的结局,竟没有下文，是很不合适的。所以丹钦柯向契诃夫建议，或者把这个惊局发展下去，或者就决心把它删掉。当时，契诃夫答辩说："可是，观众喜欢在每幕的结尾上看到'箭在弦上'的！""很对，"丹钦柯说，"不过这样的结尾必须放在后边，不可放在中间！"契诃夫经过几次申辩之后，就听了丹钦柯的话，把第一幕末尾改成现在的样子。

丹钦柯主张把这出戏交给莫斯科皇家小剧院去演，并且兴高采烈地假定分配演员；可是，契诃夫这时把连斯基写给他的信递到丹钦柯的手中。这样，《海鸥》在莫斯科的命运就算决定了。

契诃夫的交际范围很广，朋友很多，和各方面的关系也处得很好。在彼得堡方面，他有一个很亲近但是关系很特殊的朋友，那就是苏沃林。苏沃林是一个大出版家，有一个全俄最完善的印刷厂，契诃夫著作的单行本，就是在那里印行的。此外，他还有一个私人经营的剧场和一张销行最广最有势力的报纸《新时报》。契诃夫对苏沃林及其家人私交非常笃厚，可是对他的事业和报纸，就完全存着卑视的态度，从来不给他写稿子，只有一次，他被怂恿不过，才用假名字发表了两三篇小品。然而，苏沃林并不因此减少他对契诃夫的崇敬。不在一道的时候，两人之间来往着很多通信；在一道时，两人时常会面，又时常一同去旅行。因此，苏沃林利用他的社会地位和关系，负起责任，在彼得堡向皇家剧院办交涉，接洽《海鸥》的演出。因为七年之前，皇家剧院曾演过契诃夫的《伊凡诺夫》，成绩也还不坏。

契诃夫为了参加排演，就到了彼得堡。演员们虽然都是优秀分子，但都被旧型的表演制度所毁了。也不知道是旧型演员毁了旧型作家或是旧型作家毁了旧型演员，而结果，是演员们只能表演公式化的剧本和公式化的人物，对于《海鸥》的人物及其心象，许久都把握不住，也摆脱不掉他们向例的诵读调子。他们在自己的一套陈腐的滥调中，痛苦地去搜索表演契诃夫的台词与动作的方法，却终于没有一个套数是合用的，于是弄得个个都头昏了。《海鸥》里没有他们可以根据着作个人随兴所至去发挥的材料，没有公式，没有"噱头"，没有保证随意可以成功的场面。他们并非不努力，更并非对契诃夫没有信仰，然而，问题在什么地方呢？

契诃夫不是一个表演艺术家，他从来不能对演员有所建议，所以演员们要他提出意见时，他总是回答："怎么，我不是完全写出来了吗？"就是日后，他对莫斯科艺术剧院的演员们，也还是如此。他的唯一要求，就是不用为表演而表演，可是他说不出什么道理，或如何可以做到这个地步。这位诗人的要求，只有后来斯坦尼斯拉夫斯基所建立的心理体系的理论，才得到一个满足。契诃夫对《海鸥》的导演屡屡提出说，"演员们表演得太多了"，他的意思不是说演员们表演得过火，而是嫌他们只在表演感觉心象和字句。"做出来的必须很简单很自然，正如在现实生活里一样。那必须做得好像他们每天都谈到的事情一样。"然而，这又有谁能懂得呢？这"不要表演你的感觉"，我们也只是从斯坦尼斯拉夫斯基的巨著《演员自我修养》里才懂得了是怎么一回事，而要做到那样，就非把全部导演与表演的制度改过不可。可是在当时，旧型剧场里有谁能梦想得到这个呢？

演员们在别的戏里都曾经表演得出神入化过，可是在《海鸥》里就不能有一分一毫的自信。那些简单平常的句子，怎样可以使之有了戏剧性而又避免极端冗长单调呢？在当时，每个人心中都认为这是剧本的缺欠，而没有知道严重的问题却是表演艺术上的缺欠。虽然演员和导演都不相信这出戏能演得好，却没有一个人敢喊出来说："让我们展期上演，让我们再摸索一下，让我们得到充分的时间，来消化这位诗人的诗的珠玑，不要因为我们而糟蹋了作家！"当时的排演制度，都是照例的行事，于是《海鸥》也不能例外。然而，怎样栽花怎样结果，是必然的，更不必说这一篇新内容与新形式的《海鸥》了。等到戏一演出，失败得极其凄惨，那恐怕是戏剧史上有数的大失败之一。从第一幕起，台上台卜就缺乏了感情上的联系，观众们持着一个拒绝的心理在旁观。于是，最富于诗意的句子，却引得全场大笑。当妮娜在戏中戏里念那段最动人、最有诗意、最有价值的独白——

人、狮子、鹰、鹧鸪……时，全场为之耸肩，观众彼此以目光互相传递着藐视的会意。幕落后，没有一个掌声，只有唉唉的声音和相互交换着的诽谤的谈话。而最可怜的，是在全剧结尾时，特里波列夫在最后自杀，发出枪声，多恩医生为了怕使阿尔卡金娜受惊，假意说"没什么。一定是我药箱子里什么东西爆了"的时候，全体观众报之以哄堂大笑！可怜的契诃夫，在整出戏表演的三小时之内，一直在后台踱来踱去，假装着毫无所谓的样子。只要看见有人向他走来，他就把头避过去，免得人家向他说一套虚假的恭维话。他的心中有多么痛苦，或者也许有多么后悔不该不听连斯基的话。可以由他在散戏以后的举动上看得更清楚。当时俄国戏剧家们有一个习惯，每在初演散场之后，就集会在一个大饭店中吃夜饭，饮酒，谈论演出，一直坐到天亮，等着看第二天早报上的批评。可是契诃夫没有到场。苏沃林在家里预备了一顿丰盛的夜餐等着他，也不见他的踪迹。据说他溜出了剧场，一个人在秋夜的冷风中漫游在河堤之上，因此得了伤风症，引起肺病，以致短了他的生命。契诃夫的短寿，也可以说是《海鸥》第一次演出失败所造成的。次日一早，他谁也没有去拜访，就悄然离开了彼得堡。他给家里寄去一个短柬，信里说：

这出戏轰然跌落了。剧场里有一种侮慢而沉重的压迫空气。演员们演得愚蠢得可憎。这次的教训是：一个人不应当写戏。

同时，所谓批评家们，就根据了一般观众的态度，也不问《海鸥》本身的价值，也不问导演与表演是否应当负责，便一致地用笔尖向契诃夫攻击。可怜的作家，还有比自己的明珠被咒骂为鱼目更痛苦的事吗？当时报纸上的批评，主要的话是这些——

"那时，好像是有一百只蜜蜂、黄蜂和雄蜂，充满了剧场的空气。"

"个个人脸上都羞得通红。"

"从任何方面看，无论是思想、文学或舞台技术，契诃夫这出戏都不能说是坏，只是绝对无意识而已。"

"这出戏坏到无可再坏的了。"

"这出戏给人一个压倒一切的印象，就是：它既不是一篇严肃戏，也不是一出喜剧。"

"这不是一个海鸥，简直是一个野狐禅。"（Ditch 一字，俄文有双关的意义，作"野禽"解，又作"大惊小怪"、"无谓"与"无意识"解。所以我把它译为"野狐禅"，亦取双关之义。——作者注）

批评家的慧眼，往往是这样的！所以像奥斯特洛夫斯基，一辈子看初演；一辈子不读剧评，至少有一部分是对的！

契诃夫写信给丹钦柯说：

我的《海鸥》在彼得堡第一场就遭遇了惨败。剧场里喘息着侮蔑，空气受着恨的压榨，而我呢，遵着物理的定律，就像炸弹似地飞开了彼得堡。你，还有宋巴托夫，你们两个劝我写戏，我埋怨你们。

接着在第二封信里，他又说："即或我活到七百岁，我也永远不再写戏，永远不再叫这些戏演出了。"

契诃夫的灰心，不仅到这个程度，而且他把一切作品的版权全部出卖，移居到克里米亚的雅尔塔，一方面是为了养他的吐血病，一方面也是断然地要和剧场绝缘。

虽然《海鸥》的失败并不影响契诃夫作为一个小说家的声誉，然而大多数的人们，并不去思考一下此次失败的真正原因。只有怀着对剧艺未来新生命之梦想的丹钦柯与斯坦尼斯拉夫斯基，才深深晓得，旧型演出法、旧型表演和旧型剧场制度如何在屠杀高贵的文艺作品。他们两个人，经过有历史意义的十八小时会谈之后，又经过种种困难、侮辱以及审查处的限制，才把莫斯科艺术剧院成立起来。演过《沙皇费多尔》、《威尼斯商人》、《女店主》、《格利塔的愉快》之后，开始要替《海鸥》恢复它本有的价值。可是，契诃夫经过那么重大的打击之后，不愿再冒第二次的危险，竟拒绝了。在苏联出版的

《契诃夫全集》的附录里，印着丹钦柯的信：

亲爱的安东·巴甫洛维奇！

你知道，我现在已经漂荡在一个剧场事业中了，目前正是我们（斯坦尼斯拉夫斯基和我）办一个完全献身于艺术的剧场之第一个年度。为了这个目的，我们租了"逸园"饭店。我们计划演出《沙皇费多尔》、《威尼斯商人》、《恺撒大将》、《汉那勒》和几个奥斯特洛夫斯基的剧本，以及艺术与文学之会的较好的戏码。在当代俄国作家中，我决定只耕耘最有天赋却尚不曾被人充分了解的作家，对于石巴任斯基和涅维任，我们是无能为力的。宋巴托夫呢，是已经被人了解得很了。至于你，俄国剧场的观众是十分漠视的。你的戏，只能由一个有口味的文学者，能懂得你的作品之美，而同时又是一个巧妙的导演来处理，才能演得出。我觉得我自己是这样一个人。我已经定下了一个目标，要把《伊凡诺夫》和《海鸥》里稀有的图画表现出来。《海鸥》特别感召我的热情，而我也准备以事实来维护这个想法：如果这出戏用一个精巧的、不陈腐的、谨慎的演出法来演，则戏里"每一个"人物里的潜在着的戏剧与悲剧，也必能感召剧场观众的情感。也许这出戏不会引起暴风雨似的鼓掌，可是只要演出摆脱开惯例的羁绊而具有内在创造力的特质，必会证实这个演出是艺术的一个凯歌，这一点我敢保证。现在只等你的许可了。我应该告诉你，剧校学生举行毕业公演时，我就已想演你的《海鸥》了。我特别被这个念头引动的，是因为我的几个最好的学生也都爱这个剧本。这件事没有实现，是因为连斯基和宋巴托夫想在小剧院上演这出戏。谈话时有高尔切夫在座。我当时发表了我的意见，大意说，皇家小剧院的大演员们只在台上形成了粗型，可是不能在观众面前出现。在一个新的景象中，也不能把包围着你的戏中人物的那个空气、那个氛围和那个情调创造出来。可是他们坚持不要我上演《海鸥》。还不是一样，《海鸥》也没有在皇家小剧院上演。这一点倒要感谢上帝——我说这句话，是凭着我对你的天才全心崇拜说的。所以请允许我演出这个戏。我向你保证，你不会在任何剧团再找出比我们这样更崇拜你的一个导演和演员了。

我太穷，不能充分报酬你。但，相信我，就连这一方面我也要尽一切力量来满足你。我们的剧场正开始唤起皇家剧院的强烈的愤慨。他们不能了解，我们是在向惯例，向铸模化，向偶像天才挑战。不过他们也察觉得出，我这里把一切力量都用来创造一个"艺术剧场"的事实。这就是我如果得不到你的支持会如何凄楚的理由。

——需要你给一个迅速的回答：只要随便的一个小条子，说你许可我演出《海鸥》就够了。

然而契诃夫很敏感，感到很不安，回信给丹钦柯，说他既没有渴望更没有力量去再经验一次以往使他痛苦的失败，又说他不是编剧家，说他还有比写剧本更好的事要做。丹钦柯于是又写了第二次请求的信：

如果你拒绝给我这本戏，你会伤我的心的，因为我认为当代剧本中只有《海鸥》支配得动导演，而对于一个有示范演出的剧场是有极大兴趣的。

如果你愿意，我在排演开始以前到你那里去，好和你谈谈《海鸥》和我的演出计划。

在这出戏开排之前，我们要用二十个白天给青年们开讲演会。在这二十天内，我们要介绍剧本如《安提戈涅》、《阿戈斯达》和《威尼斯商人》，介绍作家如博马舍、奥斯特洛夫斯基、哥尔多尼。要在表演之前，请些教授来宣读简短的讲稿。我想拿一天来献给你，不过我还没有决定请谁介绍你——也许请高尔切大，也许请另外一个人……

这样，契诃夫终于答应了。丹钦柯在到梅莱好坞去

看契诃夫以前,又给他写了一封信,其中要紧的几句话是:

> ……我正在熟读《海鸥》,我正在寻求一个导演能把观众领过来的那些小桥,好把观众从他们所眷恋着的惯例的路上领入另一途径。观众恐怕现在(也许永远),不能屈服在这出戏的情调之下,所以必须用一乘强有力的火车把他们送过来。我们会尽我们的全力!……

《海鸥》是由斯坦尼斯拉夫斯基与丹钦柯联合导演的。他用了几个星期的时间来做导演设计。这个设计是很大胆的,戏里每一场都和观众所习见的不同。然而,最初,斯坦尼斯拉夫斯基并没有抓住契诃夫戏里的抒情成分,这是他在《我的艺术生活》里自己也都承认的。不过,至少《海鸥》里的环境,唤起了他运用现实生活中最真实的片断的念头。契诃夫的人物,是与外在世界不可分开的,所以环围着人类的一切外在的自然景象、天气或小物件,都决定人们的行动。所以,他很精到地把握住了那乡下田舍中之长日悒悒的心情,人物中间之半歇斯底里式的烦躁,别离与来临的各种人生图画,秋天的黄昏,而且把每一幕都填满了适合于剧本情调的琐碎细节:他注意那火柴的光亮和黑暗中香烟的红火头,阿尔卡金娜口袋中的香粉，索林的格子纹呢衫、梳子、大纽扣，洗手，大口吞水等，这些都是以往舞台上所从未曾见过的，然而，正是组成现实的最重要的单位。不但如此，在《海鸥》的导演上，革除了旧型剧场的文艺性的流畅。愈是接近生活，愈会了解在生活的现实中，最深沉有力的东西是停顿。停顿是现实本身的现象，停顿可以表现刚刚经验过的一种纷扰之完结，又可以引领一个正要降临的情绪之触发，或者，指示一个紧张的静默。人生之坎坷，人生之被动，都是被这些停顿所表现清楚的，所以停顿不是东西死了的意思，而是人生经历上一个有动力的紧张状态。其他例如装置的自然，服装的真实，也都是斯坦尼斯拉夫斯基精心研究的结果。他用最自然的颜色，最逼真的景象，来重现现实。所以，当演出的时候，观众里有一个小孩子对母亲说："妈妈！我们走到那边花园里去散散步吧！"灯光的体系，也走入极端的自然主义，单调的照明，平面的矫造的效果，完全换上了真实的色调，因此当台上天晚的时候，它黑得不仅演员的脸看不见，甚而连身子也都不清楚。总之，这里没有颜色之堆砌，影像之矫饰和呼喊激动之移心动魄，只有现实，只有自然。通过这现实与自然，一个伟大的力量在压迫着观众。

在上演的前夕，斯坦尼斯拉夫斯基跑到丹钦柯的面前，要求展期演出，不然就要把联合导演名义中自己的名字除下去。而契诃夫的妹妹玛丽雅也含着眼泪请求停止这出戏的演出。每个人都紧张着。因为这次的成败，不但关系莫斯科艺术剧院的存亡，而且能决定契诃夫的寿命。12月27日，《海鸥》在莫斯科初演，可是戏园并没有满座。契诃夫所有的剧本都是如此，没有一个戏是被观众马上接受的，它们的满座和胜利，是在下一个冬季。

斯坦尼斯拉夫斯基把握得最紧的是情调。只有情调表现得有力，《海鸥》的内在力量才唤得出来。导演的方法有很多地方是大胆的，违反舞台惯例的。如第一场用一条长椅，和脚光平行地放着，旁边是树干和残干，所有戏中的观众都背台坐着，在戏中的舞台没有开幕之前，全台都是黑暗的，而这些人物也就像电线上的小鸟一样栖在树梢和枝上。等到台上的幕拉开时，月光照着银水，在月亮慢慢升起时，人影移动，画出一个活生生的黄昏的情调，正写出青年作家的梦想、渴望和为什么要在这样的环境中排演剧的心情。再加上远处吹来一阵阵他的母亲所喜欢的华尔兹舞的音乐，又是多么好的一个对照，悲剧空气也就产生。台上的生活是柔韧的，说话的抑扬顿挫是简单的，停顿的时候使人觉得那里有一个活生生的黄昏在呼吸着，这是人生的暗示，是无言的感觉，是生活里的半音。这一切，逐渐凝结成为一个谐和的整体，变成了生活的音乐。观众像受了符咒一样，降服在这整体之下，失去了剧场的感觉。

《海鸥》里最主要的东西在于，青年作家特里波列夫处在庸俗的因袭成性的人物如他的母亲、女伶阿尔卡金娜一类的人们中间，梦想着新形式，又想去试验着新形式。然而，毁了他的梦想和试验的，是他所爱的妮娜。妮娜太年轻，太没有人生经验，不能懂得他的心情和深度，更没有方法懂得他所写的那"世界忧郁"，那个人物之"寂寞之感"，——一种不能为庸俗所了解的寂寞。所以，《海鸥》那一大段独白里的：

> 人，狮子，鹰和鹧鸪，长着犄角的鹿，鹅，蜘蛛，居住在水中的无言的鱼，海盘车，和一切肉眼所看不见的生灵——总之，一切生命，一切，一切，都在完成它们凄惨的变化历程之后绝迹了……到现在，大地已经有千万年不再负荷着任何一个活的东西了，可怜的月亮徒然点着它的明灯。草地上，清晨不再扬起鹭鸶的长鸣，菩提树里再也听不见小金虫的低吟了。只有寒冷、空虚、凄凉。……我孤独啊。每隔一百年，我才张嘴说话一次，可是，我的声音在空漠中凄凉地回响着，没有人听……而你们呢，惨白的火光啊，也不听听我的声音……

这不是一个纯洁天真如扬长于大自然中的海鸥的妮娜所能了解的。妮娜是新形式梦想者特里波列夫失败的主因，因为她读这段"世界忧郁"的台词时，并没有了解它的意义，这才造成它的作者的悲剧。而妮娜自己的悲剧，也由这一段独白所衬出。她像海鸥，她不能了解什么是最大的寂寞，什么是潜伏在生活内的悲哀。她必须像海鸥被特里波列夫因无事可做而打死似的，被作家特利果林给毁坏，被遗弃，然后怀着私生子，落魄在异乡，加入游行的戏班，受尽一切引诱、凌辱、穷苦……然后，才能有一天，忽然了解了从前她失败过的那一段独白。所以，当第四幕结尾，她和特里波列夫告别时，又重新诵起那段独白。那时，她才亲自了解了生活的悲剧，人生的悲剧，一个必须尝过悲剧之后才能懂得悲剧的悲剧——这就是旧社会的生活。《海鸥》的题材，重心就在这里。

这一次的演出，深刻、紧张、沉默，抓住了观众，剧中人物的言语举止，愈接近观众，就愈搅起观众自己的不幸与惨痛的经验。等到第一幕末尾，玛莎抑制着眼泪向多恩医生说："帮助我，不然我会做出糊涂事来的，我会毁灭我的生命……"说完一下扑在地上，哭泣着，这时，一片镇遏而颤动的波浪卷扫了整个的观众席。幕闭了，台下一片寂静，每个人的呼吸都像屏息了似的。台上的人以为这次一定又是失败了，因为连自己的朋友也都不敢鼓掌了。可是，停了一下之后，忽然间，就像水闸放开了一般，一阵振瞶耳弦的掌声轰轰烈烈地发出，一直不停。幕启了又落，落了又启开若干次。经过很久之后，掌声忽然停了。好像观众恐怕把刚刚经验到的伟丽印象冲断似的。整出戏都保持着这种情形，特别是第三幕和第四幕的结尾。台上的人惊喜得发狂，彼此拥抱着，喜欢得落了泪，找不出一句可以形容自己愉快的话来。观众在戏演完后许久不离开剧场，全体欢呼着，并且喊着要给没有在场的契诃夫发一个贺电。契诃夫接到电报之后，吃了一惊，以为那是一个友谊的表示，把事实特别夸张了的。而同一天，他接到各方面如雪片飞来的贺电，言词又都那么恳切肯定，他才释去怀疑。报纸和批评文章，自然，都一致称《海鸥》是一个光辉的、鼎沸的、惊人的成功。

这里，我们发生一个疑问。像贝克教授及其他重要人物，都坚持一出戏在书本里只有它的一半价值，另一半必须在舞台上补成。同时，我们又知道，至少是相信，戈登·克雷及现代剧艺理论家，说导演是一个二度创造者。可是，假如一个导演和他的演员们都没有创造力，不能深深渗透到作者的灵魂中，并且都桎梏于传统的公式的技术中，他们该对一个伟大的作品有多少毁坏的危险！没有新体系的演出与表演，是不会产生伟大的舞台艺术的，换句话说，也就不能补上真正伟大的作品之固有的完全价值的！契诃夫的《海鸥》的经验，正昭示给我们一个正确的路线，而契诃夫天才的要求，虽已唤来了一个新演剧体系,不但使莫斯科艺术剧院从此傲立世界,并且感染着所有世界的前进剧场。可是,可怜的作家,他自己却像海鸥一样,无辜地受了生命的残害,为了人家不经意的毁坏而缩短了自己的生命。他和可怜的妮娜一样,等到经过了痛苦而达于成熟,自己的灵魄上却已经遍体鳞伤了!

一九四三年四月十八日
写完于沙坪坝

(原载《时与潮文艺》第一卷第2—3期,一九四三年)

Антон Павлович Чехов
Чайка

图书在版编目（CIP）数据

海鸥 /（俄罗斯）安东・巴甫洛维奇・契诃夫著；
焦菊隐译 . —上海：上海译文出版社，2024.6
（契诃夫戏剧全集：名家导赏版；4）
ISBN 978-7-5327-9616-8

Ⅰ.①海… Ⅱ.①安… ②焦… Ⅲ.①喜剧-剧本-
俄罗斯-近代 Ⅳ.①I512.34

中国国家版本馆 CIP 数据核字（2024）第 097775 号

海鸥 契诃夫戏剧全集 4 名家导赏版	Антон Павлович Чехов ［俄］安东・巴甫洛维奇・契诃夫 著 焦菊隐 译	出版统筹 赵武平 责任编辑 陈飞雪 装帧设计 张擎天

上海译文出版社有限公司出版、发行
网址：www.yiwen.com.cn
201101 上海市闵行区号景路 159 弄 B 座
上海市崇明县裕安印刷厂印刷

开本 787×1092 印张 4.75 插页 3 字数 63,000
2024 年 6 月第 1 版 2024 年 6 月第 1 次印刷
印数：0,001—8,000 册

ISBN 978-7-5327-9616-8/I・6036
定价：33.00 元

本书中文简体字专有出版权归本社独家所有，未经本社同意不得转载、摘编或复制
如有质量问题，请与承印厂质量科联系，T：021-59404766